Peter Brendt

Auf Feindfahrt mit SM U 15

WELTKRIEGS-THRILLER ÜBER EIN DEUTSCHES U-BOOT IM EINSATZ

EK-2 Militär

Druckhinweis:
Libri Plureos GmbH
Friedensallee 273
22763 Hamburg

Verpassen Sie keine Neuerscheinung mehr!

Tragen Sie sich in den Newsletter von *EK-2 Militär* ein, um über aktuelle Angebote und Neuerscheinungen informiert zu werden und an exklusiven Leser-Aktionen teilzunehmen.

Link zum Newsletter:
https://ek2-publishing.aweb.page

Über unsere Homepage:
www.ek2-publishing.com
Klick auf *Newsletter*

Via Google*: EK-2 Verlag*

Als besonderes Dankeschön erhalten Sie **kostenlos** das E-Book »Die Weltenkrieg Saga« von Tom Zola.

Deutsche Panzertechnik trifft außerirdischen Zorn in diesem für den Skoutz-Award nominierten Action-Spektakel!

Ihre Zufriedenheit ist unser Ziel!

Liebe Leser, liebe Leserinnen,

zunächst möchten wir uns herzlich bei Ihnen dafür bedanken, dass Sie dieses Buch erworben haben. Wir sind ein kleines Familienunternehmen aus Duisburg und freuen uns riesig über jeden einzelnen Verkauf!

Mit unserem Label *EK-2 Militär* möchten wir militärische und militärgeschichtliche Themen sichtbarer machen und Leserinnen und Leser begeistern.

Vor allem aber möchten wir, dass jedes unserer Bücher **Ihnen ein einzigartiges und erfreuliches Leseerlebnis** bietet. Daher liegt uns Ihre Meinung ganz besonders am Herzen!

Wir freuen uns über Ihr Feedback zu unserem Buch. Haben Sie Anmerkungen? Kritik? Bitte lassen Sie es uns wissen. Ihre Rückmeldung ist wertvoll für uns, damit wir in Zukunft noch bessere Bücher für Sie machen können.

Schreiben Sie uns: info@ek2-publishing.com

Nun wünschen wir Ihnen ein angenehmes Leseerlebnis!

Moni & Jill von EK-2 Publishing

Prolog: Jenseits aller Hoffnung

Die Männer hingen am Kletternetz oder streckten sich so weit über die Reling, wie sie nur konnten. Aber keiner von ihnen rief. Sie waren erfahrene Männer. Viel zu erfahren, aber auch das war im dritten Kriegsjahr normal.

Trotz aller Erfahrung, es gab immer noch ein bisschen Hoffnung. Immer! Selbst wenn es keine mehr geben konnte. Und deshalb schwiegen die Männer, starrten auf die dunkle Wasserfläche, versuchten die treibenden Nebelschwaden mit den Augen zu durchdringen; deshalb tuckerte der Trawler hier mit kleinster Fahrt gefährlich dicht am Minenfeld entlang.

Plötzlich hob der Moses die Hand. Die anderen erstarrten, suchten in der Richtung, in die der junge Seemann sah. Dann sahen sie es alle, im trüben Schein der abgeblendeten Lampe. Zuerst nur eine geisterhafte Erscheinung im Wasser, dann schälten sich Details aus der Dunkelheit. Lange Haare und ein Bart, ein aufgerissener Mund, der offenbar noch immer die Enttäuschung hinausbrüllen wollte. Irgendwo ertönte ein unterdrücktes Würgen.

Dann war da noch ein Geräusch. Ein Ruf nach Hilfe. Der Maat deutete in eine Richtung und der Steuermann, der den Schleppnetzfischer als Vorpostenboot kommandierte, wirbelte das Rad herum ... weil es immer irgendwo noch ein kleines bisschen Hoffnung gab, selbst wenn es eigentlich keine mehr geben konnte.

1. Nebel über der See

*Dienstag, der 30. Januar 1917, 40 Meilen nördlich von
Irland ... das dritte Kriegsjahr*

Der Blick des Kommandanten glitt missmutig über die See
– oder wenigstens das, was davon zu erkennen war. Viel war
es nicht. Nebelschwaden waberten überall über das graue
Wasser und nur die winzigste Dünung bewegte den Atlantik
hier an der nördlichen Ausfahrt der britischen Häfen aus der
Irischen See. Theoretisch war SM U 15 in einer guten
Position, um auf die englischen Handelsschiffe zu lauern.
Theoretisch!

»Verdammter Nebel, bei diesem Wetter sehen wir 'nen
Frachter erst, wenn der uns schon beinahe übermangelt.«

Kapitänleutnant Erwin Müller wandte den Blick zu seinem
IIWO.

»Wenn's ein Einzelfahrer ist, dann ist es wahrscheinlich
sowieso ein Neutraler und wir dürfen ihm nichts tun.« Der
Alte zuckte mit den Schultern. »Natürlich transportieren die
alle Lebensmittel und Munition zu den Limeys, aber sie sind
ja eben neutral, die Amis allen voran.«

»Also, Herr Kaleun?«

»Also sehen wir zu, dass wir einen britischen Geleitzug
erwischen. Den dürfen wir ohne Vorwarnung angreifen.« Seit
Sommer 1916 setzten die Briten vereinzelt auf Geleitzüge,
um ihre Handelsrouten zu schützen. Auch die Amerikaner
setzten bereits seit 1916 vermehrt auf Geleitzüge, vor allem
im Nordatlantik.

»Und jedes bewaffnete Handelsschiff, nicht wahr?«

Müller unterdrückte den Drang, die Augen zu verdrehen.
»Natürlich, nur müssen wir die Kanone erstmal sehen bei
diesem Nebel.«

Andreas Rader, der IIWO, dachte einen Augenblick lang
nach. »Auch wieder richtig.«

»Na, freut mich doch, dass wir einer Meinung sind.« Der
Alte zog seine Taschenuhr aus dem U-Bootpäckchen und
studierte das Zifferblatt. »Etwa zwei Stunden bis

Sonnenaufgang. Wenn Sie das erste Licht sehen, geben Sie Morgenalarm, aber dann lassen Sie tauchen. Wenn der Nebel anhält, hören wir die Engländer eher im Lauschgerät, als dass wir sie sehen.«

»Jawoll, Herr Kaleun!«

»Sehr schön, ich bin dann unten und nehme eine Mütze voll Schlaf.« Müller quetschte sich zwischen den Ausgucken hindurch und verschwand im Turmluk.

In der Zentrale umfing ihn wieder die gedrängte Welt des U-Boots, aber morgens um vier war es sogar in der engen Röhre etwas ruhiger als sonst. Etwas, nicht viel. Natürlich wurden die Wachen rund um die Uhr gegangen und die Maschinen liefen ebenfalls durch.

Kapitänleutnant Müller nickte dem Zentralemaat zu und verschwand in dem winzigen Kabuff. Erst als er den Vorhang zugezogen hatte, ließ er sich auf den Stuhl vor dem klitzekleinen Schreibtisch fallen und atmete tief durch. Rader war unerfahren, eine rote Bratze wie aus dem Lehrbuch – falls es so etwas wie ein Lehrbuch für rote Bratzen gab. Müller hatte den Verdacht, es müsse eines geben. Es gab ja in Deutschland für alles ein Vorschriftenbuch. Er griente müde. Nein, er war unfair und das gab er sich selbst gegenüber auch zu. Rader war jung, frisch von der Offiziersausbildung, zuvor hatte er seine einzige Fahrenszeit auf einem Schulschiff absolviert. Die Schulschiffe produzierten gute Soldaten, aber sie konnten keine guten Seeoffiziere aus dem Nichts machen. Dazu gehörte Erfahrung und nun, im dritten Kriegsjahr, hatte niemand mehr Zeit darauf zu warten, dass junge Männer Erfahrung erwarben. Die Kaiserliche Marine stellte jeden Monat neue Boote in Dienst, die Hochseeflotte wuchs beständig und nun gab es auch noch Marine-Feldbataillone, Marine-Stützpunktbataillone, Marine-Artilleriebataillone und Gott was noch alles. Nicht nur die Männer für alle diese Einheiten mussten irgendwoher kommen, sondern auch die Offiziere, die sie führten. Offiziere wie Andreas Rader gab es überall. Zu jung, zu schnell im Gewächshaus hochgezogen. Er würde sein Handwerk noch lernen. Falls der Krieg ihn lange genug leben ließ, um zu lernen.

U 15 war ein altes Boot und Kapitänleutnant Müller war sich dessen bewusst. Alt … nicht so sehr nach Jahren, sie war 1909 vom Stapel gelaufen, also gerade acht Jahre alt, aber alt in einem Krieg der alles, was man sich zuvor hatte vorstellen können, bereits weit hinter sich gelassen hatte. Neue U-Boote vom Typ U 93 hatten sechs Torpedorohre und 22 Aale an Bord, sein Typ U 13 hatte nur vier Rohre, und wenn die Torpedos darin verschossen waren, dann blieben ihm gerade einmal zwei Reservetorpedos übrig. Kaum ein Arsenal, mit dem er viel Schaden an einem Geleitzug anrichten konnte, aber das Kaiserreich konnte es sich nicht leisten, auf die älteren Boote zu verzichten, mochte der Kampfwert auch gering sein. Deutschland musste den Krieg beenden, so schnell es ging. Schon starben Zivilisten in der Heimat als Folge von Mangelernährung, ein Resultat der britischen Hungerblockade. Noch waren es nicht sehr viele, noch konnte Deutschland durchhalten, aber nicht für ewig. Und seit sich der Krieg zu Lande festgefahren hatte, bestand Deutschlands einzige Hoffnung darin, die Engländer zu blockieren, so wie diese die Deutschen blockierten. Müller dachte an die versiegelten Befehle in seinem Stahlfach. Natürlich hatte er sie noch nicht gelesen, er hatte Befehl, sie am Morgen des 1. Februars zu öffnen, aber ebenso natürlich wusste er bereits, was die Befehle beinhalteten. Jeder in der U-Bootwaffe wusste es, es war schließlich nur eine Frage der Zeit gewesen: Deutschland würde den uneingeschränkten U-Bootkrieg wieder aufnehmen. Das bedeutete mehr U-Boote, und natürlich würden die neueren und größeren U-Boote die besseren Leute bekommen. Was ihn wieder zurück zu Rader brachte. Irgendwie musste er aus dem Burschen doch einen brauchbaren Wachoffizier formen können? Denn wenn der Tanz hier erstmal richtig losging, dann musste er sich auf jeden Mann seiner Besatzung felsenfest verlassen können. Die Engländer und vor allem ihre amerikanischen Freunde jenseits des Atlantiks würden eine Blockade Englands nicht so ohne Weiteres hinnehmen.

*

Oben auf dem Turm versuchte Andreas Rader mit den Augen den Nebel zu durchdringen. Wurde die Suppe nicht schon etwas dünner? Aber immer, wenn er versuchte, etwas in einer bestimmten Richtung zu erspähen, zogen wieder dichte Nebelschwaden durch sein Sichtfeld. Langsam, nur mit zwei Knoten Fahrt, lief das Boot durch die ruhige See, aber die langsame Fahrt versprach nur eine täuschende Sicherheit und Rader war sich dessen vollends bewusst. Sollte jetzt ein Frachter aus dem Nebel kommen, dann würde er in weniger als einer halben Minute über das Boot mangeln. Zwei Knoten Fahrt machten jedes Ausweichmanöver hoffnungslos langsam. Eine halbe Minute, das konnte im Falle eines Falles gerade noch so reichen, zum Wegtauchen aber sicher nicht. Sollte so ein Frachter also ein Limey sein, konnte der ihnen auch gleich eins mit der Kanone auf den Pelz brennen.

Als dann endlich etwas aus dem Nebel in Sicht kam, war es kein Frachter.

»Boot, ein Dez an Steuerbord!«

Rader fuhr herum, als er die Meldung des Ausgucks hörte, und hob sein Glas. Dann ließ er es wieder sinken. Es war wirklich nur ein Boot. Ein einsames Rettungsboot. Er konnte sieben Männer sehen, aber keiner von ihnen stand auf oder winkte. Sie mussten schon seit Tagen tot sein, vielleicht seit Wochen, bereits vergessen von der Welt der Lebenden. Dennoch, Rader stutzte kurz. Etwas stimmte nicht. Etwas stimmte ganz und gar nicht mit diesem einsamen Rettungsboot. Er beugte sich über das Sprachrohr. »Maschinen stopp. Ruder hart Steuerbord. Kommandant auf den Turm bitte!«

Das leise Tackern der Maschinen erstarb bereits, während er von unten die Bestätigung seiner Befehle hörte. Getrieben von der Restfahrt schwang der Bug etwas herum, näher an das treibende Boot heran. Nun konnte er es genauer sehen. Sieben Männer und alle trugen Uniform!

Hinter Rader kletterte der Alte aus dem Turmluk, die Mütze wie immer verwegen schief auf dem Schädel. »Was haben Sie?«

Der Leutnant deutete voraus. »Rettungsboot, Herr Kaleun!«

Müller betrachtete die Entdeckung seines IIWO für einen Augenblick, dann nickte er. »Gut nachgedacht. Wahrschauen Sie den Bootsmann, er soll das Boot sichern, ich will mir das mal näher anschauen.«

Ein paar Minuten später hing das Boot sicher vertäut am Steuerbordsatteltank von U 15. Kapitänleutnant Müller warf einen kurzen Blick hinauf zum Turm, aber Leutnant Rader und seine Ausgucke hielten ihre Sektoren im Auge, statt sich von den Vorgängen auf dem langen Vordeck ablenken zu lassen. Befriedigt wandte sich Müller ab und dem Rettungsboot zu. Sieben Männer, und nun, da sie so nahe waren, konnte er sehen, dass sie noch nicht lange tot sein konnten. Wahrscheinlich verdurstet. Die Vorstellung, auf einem Ozean voller Wasser zu verschmachten, jagte ihm einen Schauer über den Rücken, aber er schaffte es, ein unbeteiligtes Gesicht zu wahren. Die Männer beobachteten ihn.

»Alle haben das gleiche Mützenband.«

Jäger, der Bootsmann, trat neben ihn. »Bis auf den Offizier.«

»Richtig, bis auf den Offizier.« Der Kapitänleutnant nickte ruhig. Der Offizier hielt noch immer den Arm auf die Ruderpinne gelegt. Deutlich konnte er die zwei gewellten Streifen auf dem Ärmel sehen. Ein britischer Reserveoffizier. Die Limeys mussten ja Tausende davon haben. Ein Inselvolk, denen gingen bestimmt nicht die seeerfahrenen Offiziere aus. Er nickte. »Bringen Sie die Männer an Bord. Der Funker soll sie sich anschauen und ich will alles sehen, was er bei ihnen findet.«

»Und dann?«

»Dann setzen wir sie ordentlich bei und machen einen Logbucheintrag.« Der Alte zögerte. »Vielleicht haben sie ja Erkennungsmarken. Irgendwo wartet irgendjemand auf sie.«

»Und das Boot?«

Müller blinzelte. »Durchsuchen Sie es, dann versenken Sie es.«

»Jawoll, Herr Kaleun!«

Der Kommandant streckte sich etwas und sah sich um. Sie hatten noch Zeit bis zum Sonnenaufgang, aber der Nebel war immer noch zu dicht, um weiter als vielleicht 100 Meter zu sehen. Verdammter Nebel, man wusste doch nie, was darin steckte!

2. Ein Rätsel

Dienstag, der 30. Januar 1917, 40 Meilen nördlich von Irland ...

Funker waren sozusagen eine seltene Rasse. Viele zivile Schiffe hatten ja noch immer keine Funkgeräte und selbst die, die welche hatten, waren in ihrer Reichweite begrenzt. Natürlich hatten Kriegsschiffe und auch U-Boote Funkstationen, aber die nützten natürlich nur etwas, wenn man nahe genug an einer Küste war, an der eine freundliche Funkstation die Sprüche aufnehmen konnte und weiterleitete, oder wenn andere Schiffe das taten. Normalerweise operierten deutsche U-Boote nicht in der Reichweite von freundlichen Funkstationen, und selbst die wenigen, die es gelegentlich taten wie U 15, hielten Funkstille, um dem Gegner nicht zu verraten, wo sie lauerten. Theoretisch hatten also Funker auf den U-Booten des Kaisers nicht viel zu funken und daher gab es nicht nur lediglich einen einzigen Funker an Bord, sondern hatte der auch noch die Nebenaufgabe des Sanitäters, denn einen Arzt gab es auf einem U-Boot schon gar nicht. In der Praxis aber war natürlich schon viel zu tun, denn die Engländer und die Neutralen funkten fleißig und außerdem waren die Deutschen auf die britischen Seewettermeldungen angewiesen. Der deutsche Wetterbericht konnte nicht bis ins Operationsgebiet der Boote gefunkt werden. Otto Heidkamp war also ein vielbeschäftigter Mann.

Der Funker drehte unsicher die Mütze in den Händen. »Wissen 'se, Herr Kaleun, ick bin ja keen Doktor nich, abba ick schätze mal, die sin höchstens vier odda fünf Taje tot. Verdurstet, wie's aussieht.«

Der Kommandant strich sich nachdenklich über den Bart. »Alle gleich lange tot?«

»Nee, ick denke, der Oberleutnant, der war der letzte.« Heidkamp schüttelte sich unwillkürlich. »Muss da an der Pinne jessessen haben, als die anneren schon kaputt warn.«

»Also keiner verletzt?«

»Nee, die sind alle in Ordnung jewesen, als die ins Boot jegangen sind.«

»Das passt zu dem, was der Bootsmann sagt. Das Boot war auch in Ordnung. Nur halt keine Notrationen drin.«

»Iss ja schon komisch. Der Schmadding hat mir jesacht, das Boot war grau gepönt?«

Müller nickte. Heidkamp berlinerte und tat oft so, als könnte er kein Wässerchen trüben, dabei verpasste der Funkenpuster selten ein Detail. »Ja, grau, wie ein Kriegsschiff.«

Die beiden Männer sahen einander an, dann nickte Heidkamp. »Wir haben keen SOS von einem Kriegsschiff aufgefangen und wir sind ja schon seit eener Woche hier drooßen.«

»Richtig. Also ist der Zossen gesunken, bevor jemand funken konnte, oder er hat aus einem anderen Grund nicht gefunkt, als er absoff. Vielleicht kein Strom mehr?«

»Kann schon sein, Herr Kaleun, abba wie weit kann so een Boot denn in eener Woche treiben?« Heidkamp zuckte mit den Schultern. »Die meesten Kriegsschiffe haben doch jetzt Notgeräte mit Batterien. Die reichen ja ooch zwanzig or dreeßich Meilen weit.«

»Ja, das ist alles schon etwas rätselhaft, nicht wahr?« Müller verzog das Gesicht. »Irgendwas, was die Männer bei sich hatten?«

»Brieftaschen. Eener hatte'n Soldbuch bei sich, Erkennungsmarken und ein paar Fotos und Briefe.«

»Irgendwas Interessantes?«

»Ick weeß nich, vielleicht werfen Sie da selber mal eenen Blick druff. Ick gloobe, die warn in New York.«

»New York? Was bringt Sie auf diese Idee, Heidkamp?«

»Die Freiheitsstatue!«

Müller blinzelte. »Die ist auf einem der Bilder?«

»Foto, einer der Männer und 'ne Frau und im Hintergrund iss die Freiheitsstatue.«

»Bringen Sie mir den ganzen Kram mal vorbei, danach packen wir alles ein. Sollen sich die Stäbe in der Heimat drum kümmern.«

»Jawoll, Her Kaleun!« Heidkamp verzog das Gesicht. »Ich kümmere mich um die Toten. Segeltuch haben wir ja keens, aber ein paar Ersatzdecken tun's ja ooch.«

»Danke, Heidkamp!«

Nachdem der Funker gegangen war, lehnte Müller sich zurück. Es war ein Rätsel, aber die wichtigere Frage war im Augenblick, ob es ein Rätsel war, das er jetzt zu lösen hatte. Ein britisches Kriegsschiff war offensichtlich gesunken, ohne zu funken. Das kam vor. Vielleicht hatte sogar eines ihrer eigenen U-Boote den Zossen erwischt. Müllers Aufgabe war es, Handelsschiffe zu versenken, und damit sah es bisher mau aus. Trotzdem, New York und englisches Kriegsschiff, wie passte das zusammen? Die Amis waren nicht so neutral, wie sie taten, aber wenn ein britisches Kriegsschiff von New York auslief, dann hatte es einen Geleitzug begleitet. Bedeutete das, ein Kamerad hatte ihnen bereits ihr Jagdgebiet vergrätzt? Oder bedeutete es eher, dass der nächste Geleitzug auch wieder hier durchkommen würde? Irgendwo mussten die Limeys sich ja durchschleichen, sie konnten schließlich nicht Millionen von Tonnen Fracht an Irlands Westküste anlanden. Wie die Dinge in Irland standen, würden die Iren den Deutschen dann die Arbeit abnehmen und den Kram in die Luft jagen, so oft und so viel sie nur konnten. Blieb also nur der Weg in die Irische See und dann nach Liverpool. Nur, fuhren die Limeys näher an der irischen oder der schottischen Küste spazieren? Wenn Müller jetzt aufs falsche Pferd setzte, dann ging ihm irgendwann das

Petroleum aus und er konnte seine Torpedos wieder nach Hause karren.

Müde betrachtete er den Übersegler auf seinem winzigen Schreibtisch. Es war ein Rätsel und irgendwie war dieses Rettungsboot ein Teil davon. Also, ein britisches Kriegsschiff hatte New York besucht. Theoretisch konnten die Schiffe kriegführender Nationen natürlich immer neutrale Häfen anlaufen und dort sogar Reparaturen ausführen, soweit sie der Seetauglichkeit des Schiffes dienten und nicht der Kampfwertsteigerung. Das internationale Recht machte da feine Unterschiede. Insofern konnten die Briten in amerikanischen Häfen jederzeit zum Beispiel Treibstoff bunkern und sogar auf einen Geleitzug warten, solange sie es nicht zu lange taten, denn das war der springende Punkt. Normalerweise musste ein Kriegsschiff einen neutralen Hafen spätestens nach 24 Stunden verlassen, wenn es den Maßgaben des internationalen Rechts folgen wollte, aber natürlich lag es im Ermessen der neutralen Macht, der der Hafen gehörte, und üblicherweise gestatteten viele neutrale Länder 72 Stunden unter der Begründung, dass Reparaturen zur Wiederherstellung der Seetauglichkeit eben etwas länger dauerten. Aber die amerikanische Neutralität war eben einseitig. Sollte ein deutsches Kriegsschiff einen amerikanischen Hafen anlaufen, würden die Amerikaner so oder so einen Grund finden, es festzusetzen, während ein Engländer immer mit Unterstützung rechnen durfte. Also, rein nach den Maßgaben der Gesetze, da war sich Kapitänleutnant Müller sicher, war alles wasserdicht. Nur ergab es trotzdem keinen Sinn. Die Frage war nicht, ob die Limeys in New York einlaufen konnten; dies konnten sie ohne Zweifel. Die Frage lautete: warum sollten sie es tun? Selbst wenn man in London bereits wusste, was kam – und offiziell wusste natürlich auch Müller von nichts, aber die Spatzen pfiffen es nun mal von den Dächern – bestand für die Briten keine Notwendigkeit, Geleitzüge den ganzen Weg von Amerika zu schützen. Die deutschen U-Boote hatten gar nicht die Reichweite, auf der anderen Seite des Atlantiks zu operieren. Es reichte also völlig, die Geleite irgendwo auf halbem Weg in Empfang zu nehmen. Wenn also ein englisches Kriegsschiff in Amerika gelegen hatte, dann gab es nur zwei Möglichkeiten: Entweder, die Amerikaner waren nun dazu übergegangen, Überholungsarbeiten für die Limeys auszuführen, weil die Werftkapazitäten in England natürlich bis zum Anschlag ausgelastet waren für den Bau neuer Schiffe. Das würde natürlich eine eklatante Verletzung aller internationalen Gesetze darstellen und die USA offiziell zur kriegsführenden Macht machen, aber Kaleun Müller war sich nicht sicher, ob die Amerikaner sich überhaupt noch darum scherten.

Oder, und das würde die ganze Situation noch erheblich komplizierter gestalten, der Limey hatte es auf etwas anderes als U-Boote abgesehen. Vielleicht einen Hilfskreuzer oder einen Blockadebrecher. SMS Möwe war derzeit draußen im Atlantik und SMS Wolf operierte im Indischen Ozean, nachdem er die Häfen von Bombay und Colombo vermint hatte. Also konnte auch Wolf, falls der Hilfskreuzer sich auf den Rückweg in die Heimat gemacht hatte, im Atlantik stehen und, das hatte sich, kurz bevor U 15 ausgelaufen war, herumgesprochen, auch SMS Seeadler hatte sich im Dezember auf den Weg begeben, um Unheil auf den Schifffahrtsrouten zu stiften. Natürlich hatte niemand die U-Bootkommandanten über die Befehle der Hilfskreuzer informiert und, das lag in der Natur der Sache, operierten diese Hilfskriegsschiffe völlig unabhängig. Es gab ja keine Möglichkeit, mit der Heimat Kontakt zu halten, seit Deutschland seine Kolonien und damit die letzten eigenen Funkstationen außerhalb Europas verloren hatte. Also hatte Müller keine Ahnung, wo sich die Kameraden herumtrieben, aber eine Möglichkeit war, das einer von ihnen wieder im Nordatlantik stand und versuchte, in die Heimat durchzubrechen. Das würde ebenfalls erklären, warum sich britische Kriegsschiffe auf der amerikanischen Seite des Atlantiks aufhielten. Nur, sollte ein britischer Kreuzer in einen dieser Hilfskreuzer gelaufen sein, dann hätte es die Deutschen erwischt und nicht die Engländer. Das Schiff, von dem die Männer im Rettungsboot kamen, musste kleiner gewesen sein, oder älter, und wenn einer der Hilfskreuzer einen Zerstörer in den Zufahrten zur Irischen See erledigt hatte, dann würde hier jetzt eine ganz andere Art von Zustand herrschen. Die Limeys würden funken, als würde es kein Morgen geben und versuchen, den frechen Eindringling zu stellen.

Es war ruhig, viel zu ruhig. Also kein Hilfskreuzer! Und laut Müllers eigenen Befehlen war U 15 das einzige U-Boot, das derzeit hier auf Handelsschiffe lauerte ... Also, wer hatte ein englisches Kriegsschiff auf dem Rückweg von Amerika versenkt?

Der Alte schob den Übersegler zur Seite. Er hatte nicht die geringste Idee. Vielleicht war es ja auch gar nicht sein Problem ... Nur blieb das hässliche Gefühl, das etwas vorging, nahe genug, um seiner Röhre im unpassendsten Augenblick eine Überraschung zu bereiten.

3. Uneingeschränkter U-Bootkrieg

Donnerstag, der 1. Februar 1917, 45 Meilen nördlich von Irland ...

Die Männer im Bugraum taten, was sie immer taten: sie spielten Skat. Eine Feindfahrt bestand schließlich größtenteils aus Warten und dieses Mal war ganz besonders der Wurm drin. Sie hingen seit beinahe eineinhalb Wochen hier nördlich von Irland herum und bisher hatten sie kein einziges Schiff zu Gesicht bekommen. Vom Versenken wagte man im Bugraum schon gar nicht mehr zu reden. Aber natürlich, ein jeder Hein Seemann war ja ein strategisches Genie und deswegen wusste man ganz genau, dass der Kommandant hätte mehr nach Norden halten sollen, oder weiter draußen im Atlantik lauern oder ... oder ... es gab verschiedene Ansichten im Bugraum darüber, was der Alte hätte tun sollen und was nicht und jeder wusste natürlich felsenfest, dass seine Ansicht die einzig richtige war.

Als der Lautsprecher knackte, blickten die Seeleute und Maschinisten erstaunt auf. Eine Ansprache? Tatsächlich drang Augenblicke später die Stimme des IWO aus der Anlage: »Achtung für eine Durchsage des Kommandanten!« Kurz darauf hörten sie Kaleun Müller: »Männer von U 15, seit heute Morgen, dem 1. Februar 1917, gelten neue Befehle. Das Deutsche Reich hat den uneingeschränkten U-Bootkrieg für die Gewässer um England erklärt.« Müller zögerte einen Augenblick, ehe er fortfuhr: »Das bedeutet, Schiffe können ohne Vorwarnung angegriffen werden, auch auf die Gefahr hin, dass es sich um Neutrale handelt. Alleine die Tatsache, dass sie die Gewässer um England herum befahren, darf als Transport von Embargowaren verstanden werden. Das wäre alles!«

Für einen Augenblick herrschte Schweigen im vollgestopften Bugraum, dann ließ Motorenheizer Willemann als erster pfeifend die Luft aus der Lunge entweichen. »Uneingeschränkter U-Bootkrieg? Das hatten wir doch schon mal.«

E-Maat Hinze nickte. »Vor zwei Jahren. Haben die da oben aber wieder abgeblasen, weil's die Amerikaner verärgert hat und keiner wollte, dass die auch noch gegen uns in den Krieg ziehen. War ja schon schlimm genug, dass U 20 damals die Lusitania umgelegt hat.«

Unwillkürlich richteten sich die Blicke auf Bootsmannsmaat Kern, aber der stämmige Seemann zuckte nur mit den Schultern. »Ihr wisst, wie es ist, wir stecken im Bugraum. Der Alte – Schwieger – war der einzige, der was gesehen hat.«

»Ihr müsst doch drüber gesprochen haben, nach der Versenkung.« Willemann sah Kern fragend an. Der zuckte erneut mit den Schultern. Er hatte auf U 20 gedient, er war dort gewesen, als Kaleun Schwieger die Lusitania umgelegt hatte. Und gleich darauf, auf der nächsten Fahrt, die Hersperian, einen anderen Liner. Natürlich, die Hesperian hatte Schwieger torpediert, Monate nachdem der Kaiser bereits Angriffe auf Liner verboten hatte. Aber in Wirklichkeit war es die Versenkung der Lusitania, die an jedem, der auf U 20 gedient hatte, klebte wie ein übler Geruch, den man einfach nicht mehr loswurde. Kern registrierte die fragenden Gesichter um sich herum. »Natürlich, wird ja immer viel geredet im Bugraum.« Er zögerte. »Wir alle haben die zweite Explosion gehört. Nachdem der Aal bereits eingeschlagen ist, lange danach.«

»Also haben die Limeys Munition auf einem Passagierdampfer transportiert? Dann war die Versenkung ja in Ordnung, oder nicht?«

»Und wie beweist du das, du Hirnakrobat?« Kern sah Hinze säuerlich an. »Alles liegt auf dem Meeresgrund, da taucht keiner runter und schaut nach, nicht wahr? Außerdem haben die Limeys alle ihre Liner bewaffnet, genau wie die Frachter. Was erwarten die denn? Dass wir auftauchen und freundlich nach den Ladungspapieren fragen, während die uns eins vor den Latz knallen?«

»Reg dich wieder ab, also die Versenkung war in Ordnung!« Hinze nickte. »Aber die Amis haben's trotzdem nicht gemocht.«

Willemann verzog das Gesicht. »Die werden das dieses Mal auch nicht mögen. Also haben wir wahrscheinlich demnächst auch noch Krieg mit denen. Dabei sieht es sowieso schon nicht gut aus für uns.«

Kern blinzelte. »Wer weiß? Vielleicht ist die Kacke ja schon so übel am Dampfen, dass es keinen Unterschied mehr macht.«

»Wer weiß?« Willemann nickte. »Uns erzählen die das doch bestimmt als letztes, nicht?« Er griente. »Nicht der Kaiser, nicht der Hindenburg und garantiert nicht unser verehrter Admiral von Holtzendorff.«

Kern zog scharf die Luft ein. Willemann war ein Unruhestifter. Der Mann hatte schon so ziemlich jeden Rang vom Seemann bis zum Obermaat innegehabt und war wer weiß wie oft wieder degradiert worden. Nur mehr und mehr entwickelte er sich zu einem gefährlichen Unruhestifter. Kern hatte schon lange vor dem Krieg in der Marine gedient. Er kannte sich aus. Nur änderten sich die Dinge und Hitzköpfe wie Willemann wurden immer mehr. Es gärte in den Bugräumen der U-Boote, den Marinekasernen und den Mannschaftsdecks der Hochseeflotte. Aber noch gärte es im Untergrund und Adolf Kern war sich sicher, dass die Offiziere noch nichts mitbekommen hatten. Aber wenn, aber wenn, dann konnte ein Hitzkopf wie Willemann jemanden schnell vor ein Peloton bringen. Langsam schüttelte er den Kopf. »Nein, tun sie nicht. Aber es ist Krieg und solange Krieg ist, haben wir unsere Pflicht zu tun, nicht wahr? Kann ja nicht jeder einfach heimgehen, von so einem Krieg.« Er sah Willemann an. Was der Maschinenheizer angedeutet hatte, roch noch nicht nach offener Meuterei – noch nicht!

*

Natürlich wurden die neuen Befehle auch in der Offiziersmesse diskutiert, auch wenn die Offiziere sich sehr viel mehr zurückhalten mussten als die Mannschaften. Weil gegenwärtig der Steuermann die Wache hatte, waren zur Abwechslung einmal alle vier Offiziere in der Messe versammelt. Max Rothe, der IWO, winkte einfach ab. »Das wurde Zeit. Die Amerikaner schippern Munition ohne Ende über den Teich, ohne die wäre den Limeys und den Fröschen schon lange die Luft ausgegangen. Also, im Grunde sind die Amis doch schon im Krieg.«

Wilhelm Klempke, der Leitende Ingenieur, zog ein Gesicht, als wollte ein Magengeschwür durchbrechen. »Ja, aber dann schippern die auch noch Truppen rüber und unser Heer steckt ja jetzt schon fest. Die haben doch jetzt schon gegen jede deutsche Division eineinhalb französische oder englische stehen. Was soll das werden, wenn noch die Amerikaner dazukommen?«

»Erstmal müssen die Amerikaner über den Atlantik kommen und nun können wir die Burschen ja rasieren, wenn sie es versuchen.«

18

Andreas Rader blinzelte. Natürlich machte er sich Sorgen. Wer sich im Krieg keine Sorgen machte, musste schon ausgesprochen dumm sein. Wenn die Amerikaner gegen Deutschland in den Krieg ziehen würden, und das schien nun unausweichlich zu sein angesichts der neuen Befehle, mussten sie versuchen, die Truppentransporter zu versenken, bevor sie England erreichen konnten.

Rader war nicht gut mit Menschen. Die Marine hatte ihn zum Offizier gemacht, weil er ein Abitur hatte und segeln konnte. Aber niemand wusste besser als er selbst, dass er niemals ein Offizier wie zum Beispiel der Alte sein würde. Sein Ziel, bevor es zum Krieg gekommen war, war es gewesen, Mathematik zu studieren. Nicht Geschichte oder Politik. Für Andreas Rader zerfiel die ganze Welt in Zahlen. Schöne logische Zahlen. Nur, dass die Zahlen nicht mehr schön und logisch aussahen, würde Amerika in den Krieg eintreten.

Der Kommandant räusperte sich. »Meine Herren, bitte!«

Der IWO neigte das Haupt. »Verzeihung, Herr Kaleun.«

»Schon gut.« Müller winkte ab. »Sehen wir es einmal so: Wir haben Befehle. Die Befehle sagen nicht, was mit Passagierdampfern ist und wir wollen ja alle keinen zweiten Fall Lusitania produzieren, also, da lassen wir mal schön die Finger von. Frachter, die wir erwischen, die gehen aufs Konto und sollte da ein Neutraler dabei sein, na ja, es ist Krieg und wenn die hier herumfahren, können die ja nur nach England wollen.« Er seufzte. »Aber erst einmal müssen wir die Frachter finden. Wir hängen hier herum und kriegen keinen einzigen Dampfer zu Gesicht, dabei müsste es hier doch nur so brummen vor Verkehr.«

»Ja, ist schon seltsam, nicht wahr?«

Rader öffnete den Mund und schon als er sprach, bedauerte er es. »Die können nicht einfach verschwunden sein. Also müssen sie irgendwo anders herumfahren. Logisch!«

»Ja, aber wo, Herr Leutnant?«

»In Amerika, oder noch wahrscheinlicher, auf dem Weg hierher.« Vor seinem inneren Auge begangen sich die Zahlen zu vereinen, Gleichungen und Beziehungen zu bilden.

19

»Wenn zum Beispiel 1.000 Schiffe alleine fahren, dann verteilen die sich nach einer Weile gleich. Das bedeutet, jeden Tag kommen hier durch diese Zufahrt ungefähr gleich viele Schiffe. Aber wenn die Engländer Geleitzüge organisieren, dann kommt auf einmal nur noch alle paar Tage ein Geleitzug vorbei, weil die Schiffe ja am Anfang der Fahrt darauf warten müssen, dass das Geleit organisiert wird.«

Klempke, der Ingenieur, nickte. »Das ergibt Sinn!«

»Nur … wo sind dann die Gleitzüge?« Der Kapitänleutnant dachte nach. »Bisher waren hauptsächlich die Limeys in Geleitzügen organisiert und nicht einmal alle. Sie glauben, dass die das jetzt durchgängig machen?«

Der junge Leutnant zuckte mit den Schultern. »Das hängt davon ab, wie lange die schon wissen, dass wir den uneingeschränkten U-Bootkrieg wieder aufnehmen.«

»Die Ankündigung ist ja heute erst raus …« Rothe hielt den Atem an. »Sie meinen …?«

»Sagen wir drei Wochen über den Atlantik, zwei Wochen mehr, um einen Geleitzug zu organisieren und wir haben seit neun Tagen kein Schiff gesehen. Also müssten die seit wenigstens 26 Tagen wissen, was kommt. Wahrscheinlich länger.«

»Das ist aber starker Tobak, Herr Leutnant!« Der Kommandant runzelte die Stirn. »Das bedeutet, wir warten ein paar Tage mehr und dann kommt irgendwann der erste von vielen Geleitzügen hier vorbei?«

»Zwei Wochen minus x …« Rader lief rot an. »Verzeihung, ich wollte nicht überheblich erscheinen, Herr Kaleun, ich habe nur keine Ahnung, wie viel früher als 26 Tage die Engländer schon geahnt haben, was kommt.«

Müller zog die Brauen hoch. »Was bedeutet das?«

»Morgen, übermorgen, spätestens in zwei Wochen.« Unsicher starrte Rader in den Kaffeebecher vor sich, wich den fragenden Blicken aus. »Wenn die in zwei Wochen nicht hier sind, dann liege ich falsch.«

»Warum hier und nicht im Süden?«

»Die Frachter sind langsamer, die werden so lange wie möglich auf dem nördlichen Großkreis bleiben. Der südliche

Zugang ist für die nur ein bis zwei Seetage mehr. Und die meisten Versenkungen hat es ja bisher im Süden gegeben. Die Liner sind so schnell, die laufen wahrscheinlich weiterhin alleine.«

»Also plädieren Sie dafür, einfach hier abzuwarten?«

»Sie sind der Kommandant, Herr Kaleun. Wenn Sie glauben, ich vermute falsch, ignorieren Sie bitte alles, was ich gesagt habe.«

Müller strich sich nachdenklich über den Bart. »Wissen Sie was? Ich glaube, Sie vermuten richtig. Es würde zumindest erklären, was wir sehen, oder eher, was wir nicht sehen.«

»Nur wird so ein Geleitzug, wenn es ihn denn gibt, nicht das erste sein, was wir zu Gesicht kriegen werden.« Oberleutnant Rothe nickte langsam. »Vor zwei Jahren haben die Limeys ganze Rudel von Kreuzern und Zerstörern losgeschickt, um die Schifffahrtsrouten von uns U-Booten zu säubern. Hat natürlich nicht geklappt, im Gegenteil. Wenn die irgendwo anfingen herum zu suchen, dann wussten wir, dass was im Anmarsch ist. Es war ja der Beginn der ganzen Geleitzug-Malaise, richtig?«

»Ich war ja damals noch IWO auf einem UC-Boot, da haben wir die ganze Geschichte eher am Rande mitbekommen. Wir waren auf Minenunternehmungen.« Erwin Müller nickte. »Nur sind zwei Jahre vergangen und wir alle haben ja seither so viele neue Tricks gelernt. Wir, aber auch die Engländer, nicht wahr?«

4. Glückstreffer

*Samstag, der 3. Februar 1917, 40 Meilen nordwestlich von
Irland ...*

»Dampferfahne, Herr Kaleun!«

»Nur eine?« Müller zog die Brauen hoch. »Einzelfahrer?«

Oberleutnant Rothe nickte. »Sieht so aus, ist aber noch
weit weg.«

»Wenn er alleine ist, dann traut er sich was. Die Limeys
haben ja die Nachricht vom uneingeschränkten U-Bootkrieg
über alle ihre Funkstationen an Schiffe in See
weitergegeben ... offen, dass auch jeder weiß, was anliegt.«

Der IWO zuckte mit den Schultern. »War ja zu erwarten.
Heidkamp hat ja auch mitgehört.«

»Also schön, machen wir also mal vorsichtig.«

»Vorsichtig?«

Müller musterte Rothe ruhig. »Ja, ich traue dem Braten
nicht. Einer alleine, nachdem sich die ganze Welt wegen der
Blockade aufregt, das stinkt. Entweder, der ist ein normaler
englischer Steamer, der einfach bereits in See war und sein
Glück versucht, oder er ist ein Neutraler, der sich darauf
verlässt, dass wir seine Neutralität respektieren, oder – das
wäre natürlich das Letzte – der Bursche ist 'ne U-Bootfalle.
Aber egal was, wenn wir uns mit ihm anlegen, dann wissen
die Limeys, dass wir hier rumhängen.«

Es dauerte einen Augenblick, bis der IWO begriff. »Sie
wollen ihn fahren lassen? Weil Sie darauf hoffen, ein ganzer
Geleitzug kommt später des Weges?«

»Vielleicht!« Müller beobachtete die ferne Dampferfahne
am Horizont. Von hier sah sie eher wie eine dünne Feder aus.
»Ziemlich hell, nicht wahr? Könnte ein Ölbrenner sein, aber
dann hat er gutes Öl.«

»Gutes Öl könnte ein Kriegsschiff bedeuten.«

»Richtig!« Der Kommandant kam zu einer Entscheidung.
»Behalten Sie ihn im Auge. Wir lassen ihn kommen, dann
tauchen wir und ich sehe mir den Burschen mal aus der Nähe
an.«

*

Das Tauchmanöver war immer ein Augenblick, in dem alle Nerven gespannt waren. Natürlich waren U-Boote dazu gebaut zu tauchen, andererseits waren sie auch immer noch eine ziemlich neue Waffe und komplizierte Maschinen. Die Balance eines U-Bootes, die Fahrt, alles ging in das Manöver ein und wenn eines der vielen Ventile in der Hektik vielleicht geschlossen statt geöffnet wurde, oder zu weit geöffnet wurde, wenn einer der Schalter gedrückt oder nicht gedrückt war, wenn etwas plötzlich klemmte, dann konnte alles Mögliche passieren. Die Marine hatte ja bereits vor dem Krieg Boote durch Unfälle und technische Pannen verloren und im Krieg hatte es verschiedene Fälle von Versenkungen gegeben, weil Boote plötzlich auftauchen mussten, obwohl sie vom Gegner gejagt wurden, oder weil etwas ausgefallen war. U-Bootfahren war selbst in Friedenszeiten gefährlich, wenn keiner auf einen schoss. Das wusste selbst der jüngste Hein Seemann, und deshalb waren bei jedem Tauchmanöver alle Nerven angespannt.

»Bringen Sie uns runter auf 20 Meter.« Kapitänleutnant Müller nickte dem LI zu. »Langsam und gemütlich!«

»Jawoll, Her Kaleun.«

Klempke wandte sich den Rudergängern zu. »Vorne oben zehn, achtern oben 15!« Er wartete, bis die Tiefenruder die neue Stellung erreichten, dann fuhr er fort: »Zellen eins, zwo, sieben und acht ausblasen.«

Handräder wurden gedreht und zischend entwich die Luft aus den Zellen. Langsam senkte sich der Bug etwas, und im Boot hörten sie ein paar Wellen gegen den Turm schlagen. Dann wurde es still. Die Männer in der Zentrale hielten die Augen auf den Tiefenmesser gerichtet, langsam begann der Zeiger, sich zu bewegen und das Wasser in der Glasröhre des Tiefenmessers zu steigen.

»Zehn Meter gehen durch.«

»Zellen festblasen!« Klempke wartete einen Moment, dann kommandierte er weiter: »Vorne unten zwo, achtern null!«

Wieder dauerte es einen Augenblick, bis der Bug sich aufrichtete und der Leitende befehlen konnte: »Vorne null, achtern null!«

Beinahe träge richtete sich das Boot waagerecht aus. Der Ingenieur wandte sich an den Kommandanten: »Boot auf 20 Meter!«

»Danke, LI.« Müller sah kurz auf den Kompass. »Neuer Kurs wird zwo-sieben-fünnef, Umdrehungen für zwei Knoten!«

Nach und nach entspannten sich die Männer. Natürlich, es konnte immer alles Mögliche schiefgehen auf einem U-Boot, aber für den Augenblick schien es zu funktionieren. Müller sah sich um. »IWO, Sie übernehmen, ich bin im Funkschapp.« Er grinste. »Wir müssen ja nur abwarten, bis der Dampfer zu uns kommt, wir liegen ja schon beinahe in seinem Kurs.«

Im Funkschapp saß Heidkamp bereits am Horchgerät und drehte vorsichtig das Handrad. Als der Kommandant neben ihn trat, nickte er nur leicht. »Habe ihn, Herr Kaleun. Peilt drei-fünnef-zwo.«

Der Kommandant nickte. Drei-fünnef-zwo, das war beinahe voraus. Der Dampfer, was auch immer er war, lief genau auf sie zu. »Was hat er für eine Maschine?«

»Schwer zu sajen auf die Entfernung. Kolbenmaschine, abba wat für eene?«

Müller dachte nach. Kolbenmaschinen auf Frachtern waren im Prinzip immer gleich, der Unterschied war nur, ob die Kessel mit Öl oder mit Kohlen geheizt wurden. Es wäre etwas anderes gewesen, wenn der Dampfer Dieselmotoren gehabt hätte, aber das wäre natürlich ein seltenes Glück gewesen – oder Unglück, denn Dieselmotoren wurden nur von Kriegsschiffen verwendet. »Warten wir es ab. Wenn er nahe ist, hören Sie vielleicht Pumpen.«

»Das kann noch dauern.« Heidkamp runzelte die Stirn. »Der muss ja mindestens noch zehn Meilen weg sein.«

Müller nickte. Natürlich war eine Entfernung aus dem Horchgerät eine reine Schätzung. Es gab ja keinen Weg zu messen, wie weit das andere Schiff entfernt war, aber erfahrene Horcher wie Heidkamp konnten es manchmal überraschend genau abschätzen. »Halten Sie den Knaben unter Beobachtung, wir gehen auf eine Meile ran und sehen mal, was wir da haben.«

»Mache ich, Herr Kaleun.«

Der Kommandant kehrte in die Zentrale zurück und sah sich um. Alles schien mit ruhiger Routine abzulaufen. Was bedeutete, die meisten der Männer taten gar nichts. Es gab ja nicht viel zu tun auf einem getauchten U-Boot. Aber natürlich musste jeder der Männer trotzdem auf seinem Posten sein, falls sich die Situation schnell änderte. Die Motorenwache stand neben ihren schweigenden Aggregaten bereit, falls das Boot plötzlich auftauchen musste, die E-Heizer beobachteten ihre leise summenden Elektromotoren für den Fall, dass auch nur die geringste Unregelmäßigkeit auftrat, und in der Zentrale tat der Leitende so, als wäre er gelangweilt, während er in Wirklichkeit auf die kleinste Veränderung des Trimms lauerte. Selbst die Seeleute, die im Bugraum warteten, erfüllten eine Funktion: Sie waren auf Tauchfahrt der lebende Ballast, der nach Bedarf nach vorne oder achtern kommandiert werden konnte, sowie die Muskelunterstützung für die Maschinisten, falls etwas klemmte oder eine ausgebrochene Niete verkeilt werden musste.

Das Boot gab leise knackende Geräusche von sich und ein paar der Männer hoben den Kopf, aber der Leitende winkte ab. »Die Dame setzt sich nur etwas, keine Sorge.«

Müller griente. Die deutschen U-Boote hatten eine Testtiefe von 50 Metern. Natürlich konnten sie tiefer gehen, theoretisch, aber niemand wagte auch nur zu schätzen, wie viel tiefer. 70 Meter? Vielleicht. 90? Vielleicht? 100? Vielleicht eher nicht! Der steigende Wasserdruck würde anfangen, die Tauchröhre zusammen zu quetschen wie eine Konservendose. Zuerst würden die Nieten ausbrechen, dann würden ganze Platten eingedrückt werden. Das kalte Wasser des Atlantiks würde in ihr kleines Refugium unter der See einbrechen wie eine grüne glasige Wand und alles Leben im

Boot ersäufen. Aber 20 Meter, das war in Ordnung, noch weit von der Werftgarantie entfernt.

»Entspannt Euch, Männer. Eineinhalb bis zwei Stunden, bis wir nahe genug sind, um ihn im Sehrohr zu beobachten.«

Nach und nach suchte sich jeder ein freies Plätzchen. Keine einfache Aufgabe in einem U-Boot und Sitzgelegenheiten gab es schon gar nicht. Aber U-Bootfahrer waren an solche Unbequemlichkeiten gewöhnt. Solange es nicht schlimmer kam, war die Welt in Ordnung.

Die Minuten verstrichen in zäher Langsamkeit. Irgendwo tuschelten ein paar der Männer. Es war keine Ruhe im Boot befohlen, aber natürlich vermied jeder unnötigen Lärm. Es war einfach so antrainiert. 1917 war bereits das dritte Kriegsjahr und ein relativ großer Teil der Besatzung hatte Erfahrung. Viel zu viel Erfahrung, mochten manche sagen. Der menschliche Geist kann angeblich nur so und so viel ertragen, aber andererseits nahm der Krieg auf menschliche Grenzen wenig Rücksicht.

Kapitänleutnant Müller lehnte am Kartentisch neben dem Steuermann und beobachtete seine Besatzung: die Alten, die Neuen, die Harten, und die, die bereits erste Verschleißerscheinungen zeigten. Wie das Boot selbst. Ein technischer Faktor. Menschen konnten ebenso leicht zerbrechen wie Maschinenteile, und in der gedrängten Welt des Boots zog dies ebenso fatale Folgen nach sich. Aber er war nicht besorgt. Nicht mehr als sonst. Im Augenblick war die Lage noch entspannt. Wie es unter Druck aussehen würde, das war natürlich immer eine andere Geschichte.

Endlich, nach einer Zeit, die vielen wie eine Ewigkeit erschienen war, wisperte der Funker aus dem Schapp: »Ich globe, er iss nahe genug, wenn Sie es jetzt versuchen woll'n, Herr Kaleun?«

»Danke, Heidkamp.« Der Alte löste sich vom Kartentisch. »Herr Klempke, Sie haben den Mann gehört? Sehrohrtiefe, wenn ich bitten darf!«

Die Sehrohrtiefe des Typs U 13, zu dem auch U 15 gehörte, lag bei fünfeinhalb Metern, also gerade einmal weniger als 15 Meter von ihrer jetzigen Tiefe entfernt. Es dauert nur Augenblicke, bis der LI das Boot auf Sehrohrtiefe meldete. Müller nickte einem der Heizer zu: »Ausfahren!« Er presste das Gesicht gegen die Gimmwulst des Periskops. Zuerst sah er gar nichts, dann einen glasigen, grünen Schimmer, aber bevor irgendetwas Konturen annehmen konnte, durchbrach der Sehrohrkopf bereits die Wasseroberfläche. Sein Hirn registrierte automatisch die Einzelheiten. Seegang eher zwei als drei. Schnell drehte er den Spargel in die Peilung des Dampfers hinein. Zwei Meilen, etwas mehr. »Tanker, führt keine Flagge!«

»Keine Flagge! Dann ist er ein Limey!«

Rothe hatte recht. Die britischen Handelsschiffe führten keine Flagge und hatten Befehl, U-Boote bei Sicht zu rammen, was natürlich einen Krieg nach Prisenordnung unmöglich gemacht hatte und der Grund für U-Bootangriffe ohne Vorwarnung war. Technisch gesehen hatten die Engländer die Cruiser Rules bereits vor Jahren gebrochen. Aber darüber sprach keiner. Müller studierte das Schiff einen Augenblick länger. »Der Winkel ist zu spitz, ich kann sein Heck nicht sehen, aber auf dem Vordeck hat er ein Geschütz.«

»Dann ist er sicher ein Limey!«

Müller ließ die Handgriffe des Sehrohrs fahren und nickte dem Heizer zu. »Einfahren!«

Mit einem leisen Schleifen verschwand der Spargel wieder in seinem Schacht. Der Kommandant nickte. »Also schön, einen Tanker können wir nicht einfach fahren lassen! Und er ist ziemlich sicher englisch! Umdrehungen für einen Knoten, neuer Kurs wird genau Nord!«

»Jawoll, Herr Kaleun!«

»IIWO, Sie übernehmen die Zentrale. IWO, Sie lancieren den Torpedo!«

Die beiden Offiziere nickten. Ein Torpedo war eine komplizierte Waffe, im Grunde ein kleines U-Boot für sich selbst, nur dass er eben keine Besatzung trug, sondern einen todbringenden Sprengkopf. Trotzdem musste genau eingestellt werden, wie tief er laufen sollte. Ein Torpedo brauchte je nach Entfernung Minuten, um Fahrt aufzunehmen und sein Ziel zu erreichen. Torpedos wurden nicht auf ein Schiff gefeuert, sondern auf einen Punkt, an dem das Ziel in einer Zeit sein würde, die der Torpedo ebenfalls brauchte, um diesen Punkt zu erreichen. Der Kurs wurde durch den Kurs des U-Boots bestimmt, wenn die Waffe lanciert wurde. Es musste also alles genau zusammenpassen und der IWO hatte eine Menge Rechenarbeit zu erledigen.

»Rohr I und II bewässern!«

Oberleutnant Rothe warf ein paar Zahlen auf ein Blatt Papier. »Tiefe?«

Der Kommandant stellte sich den Tanker im Geiste vor. »Sagen wir vier Meter. Fahrt war so ungefähr zehn Knoten, aber das müssen wir noch genauer auskoppeln. Abstand zwei Meilen.«

Das normale Verfahren hätte verlangt, auf zwei Knoten Fahrt zu gehen, aber das Schiff kam ja schon beinahe direkt auf die Schussposition zugelaufen. »Sehrohr ausfahren!« Wieder presste der Alten den Kopf gegen das Okular und nahm die Peilung des Tankers. Und eine Minute später wieder. Drei Punkte, relativ zum U-Boot, das gab dem IWO die Fahrt des anderen Schiffes und damit den Kurs, den sie steuern mussten, wenn sie den Aal lösten.

»700 Meter!« Der Alte kontrollierte noch einmal durchs Sehrohr. »Rohr I los!«

Mit einem Zischen drückte die Pressluft den Torpedo aus dem Rohr, während der Leitende bereits Wasser in die vorderen Trimmzellen fließen ließ, um den Gewichtsverlust auszugleichen. Torpedos wurden eben nicht einfach abgefeuert. Alles spielte zusammen wie eine gut geölte Maschine. Müller klappte die Handgriffe hoch. »Einfahren!« Er wartete einen Augenblick, bis das Sehrohr im Schacht verschwand, dann nickte er dem IIWO zu. »Bringen Sie uns auf null-neun-fünfef, Herr Leutnant, zehn Knoten!«

Der Leitende zog Luft ein. Die älteren U-Boote konnten tatsächlich unter Wasser mehr als zehn Koten laufen, aber das saugte auch die Batterien in Windeseile leer. Der Kommandant ignorierte ihn. Sie brauchten ja nicht eine oder zwei Stunden mit voller Fahrt unter Wasser zu laufen. Nur ein paar Minuten, bis …

»Der ändert den Kurs, Herr Kaleun!« Heidkamps Warnung unterbrach die Gedanken des LI.

»Ausfahren!«

Ärgerlich schwenkte er den Spargel in die Peilung. Da war der Frachter, nun schon in einem etwas spitzeren Winkel. Aber einen Tanker dreht man nicht mal so eben herum!

Beinahe gleichzeitig blitzte es auf dem Vor- und dem Achterdeck des Engländers auf. Müller klappte die Griffe hoch. »Einfahren! LI, bringen Sie uns runter auf 30 Meter!«

Er wartete, bis der Leitende die entsprechenden Befehle gegeben hatte, dann strich er sich über den Bart. »Der Himmelhund muss das Sehrohr entdeckt haben! Kein Wunder, ist ja so still wie auf 'nem Ententeich.«

»Was nun? Wollen Sie den zweiten Torpedo auf ihn lancieren?«

Der Steuermann räusperte sich. »15 … zehn …«

»Abwarten!«

Der Bug richtete sich wieder auf. U 15 lag auf 30 Meter Tiefe, unerreichbar für die Engländer. Aber die Engländer waren nun umgekehrt auch für das U-Boot unangreifbar.

Ein Geräusch, nicht wie eine Explosion, sondern als würde ein Stück Stoff zerreißen, klang plötzlich durch das Wasser.

»Treffer!« Rothe starrte zur gerundeten Bordwand, als könnte er den Stahl mit seinen Augen durchdringen, um zu sehen, was dort draußen vorging.

Müller blinzelte. Damit hatte er jetzt nicht mehr gerechnet. Die Kursänderung sollte den Tanker doch aus dem Kurs des Torpedos gebracht haben, es sei denn …

»IIWO, gehen sie runter auf sieben Knoten!« Er schüttelte den Kopf. »Der muss mit der Fahrt hochgegangen sein. Der hat genau in den Torpedo reingedreht!«

»Kaum zu glauben, dass die Aufschlagpistole das mitgemacht hat.« Der IWO grinste wie ein Honigkuchenpferd. »Manchmal muss man eben Glück haben.«

»Abwarten!« Müller dreht sich auf dem Absatz zum Funkschapp um. »Heidkamp, was macht er?«

»Er stoppt! Abba ick höre keene Folgeexplosionen.«

Müller zögerte kurz, dann zuckte er mit den Schultern. »Ich riskiere einen Blick, aber nur ganz schnell. Ausfahren!«

Als der Sehrohrkopf durch die Wasseroberfläche brach, erschien das getroffene Schiff beinahe unwirklich nahe in der Vergrößerung. »Er stoppt wirklich, ich glaube, seine Schrauben laufen rückwärts. Kein Feuer zu sehen!« Er wandte sich wieder an den Heizer, der das Periskop bediente. »Einfahren!«

»Befehle, Herr Kaleun?«

»Warten wir es ab. Entweder er setzt Boote aus, weil er sinkt, oder er repariert notdürftig die Schäden und macht wieder Dampf auf, dann verplätten wir ihm noch einen.« Müller lehnte sich gegen den Kartentisch. »Also, warten wir mal wieder!«

»So oder so wird er die ganze Gegend wild machen. Kann nicht lange dauern, bis hier Zerstörer auftauchen.«

»Ja, dachte ich mir auch so.« Müller runzelte die Stirn. »Haben wir noch Kaffee? Und vielleicht kann unser Smut ein paar Stullen produzieren? Das hier kann noch lange dauern.«

Leutnant Rader hörte der Unterhaltung seiner beiden Vorgesetzten von seinem Posten hinter den Rudergängern aus zu und blinzelte verdutzt. Hatte der IWO nicht gerade von Zerstörern gesprochen? Und der Alte wollte einfach hier sitzen bleiben und Butterstullen und Kaffee vertilgen? Sollten sie sich nicht so schnell wie möglich vom Acker machen?

5. Sonnenblumenöl

Samstag, der 3. Februar 1917, 40 Meilen nordwestlich von Irland ...

»Nichts!« Der Kommandant gab dem Heizer ein Zeichen, das Sehrohr wieder einzufahren. »Heidkamp, was haben Sie?«

»Nichts außer dem Tanker!« Der Funker lauschte in sein Gerät. »Die Maschinen sind gestoppt und ick höre jetzt ooch keene Pumpen mehr.«

»Na großartig!« Müller nahm die Mütze ab. »Wir warten jetzt schon beinahe zwei Stunden, kein Zerstörer, und der Zossen säuft auch nicht ab.«

»Oder nur sehr langsam?« Oberleutnant Rothe machte ein ratloses Gesicht. »Das ist ein Tanker, der hätte nach menschlichem Ermessen doch einfach in die Luft fliegen müssen.«

»Nur, wenn er Benzin oder Petroleum oder vielleicht noch Dieselöl geladen hat.«

Der Kommandant und der IWO wandten sich überrascht zu Leutnant Rader um. »Was meinen Sie damit?«

»Na, er hat offensichtlich kein brennbares Öl geladen.«

»Was soll ein Tanker denn sonst geladen haben?«

Andreas Rader zuckte mit den Schultern. »Wenn ich das wüsste! Schweröl fällt mir ein, das ist ja sehr schwer entzündbar. Lebensmittelöle möglicherweise, aber im Grunde alles, was flüssig ist und nicht gleich explodiert, wenn es von einem Torpedo getroffen wird.«

»Wie in Gottes Namen wissen Sie solche Dinge, Herr Leutnant?« Rothe sah seinen jüngeren Kameraden mit neuer Hochachtung an. »Das steht ja kaum in einem militärischen Handbuch, nicht wahr?«

»Bevor der Krieg ausbrach, wollte ich Lehrer werden, Herr Oberleutnant.« Rader lief rot an. »Nach dem Krieg vielleicht ...«

Kapitänleutnant Müller nickte. »Lehrer? So, so! Dann machen Sie mich mal schlau. Wenn das Öl nicht brennt, geht der Tanker unter oder nicht? Öl schwimmt ja.«

»Das hängt davon ab, Herr Kaleun. Je näher zur Mitte hin Sie ihn getroffen haben, desto wahrscheinlicher. Das Öl läuft aus, Der Auftrieb vorne und achtern bleibt erhalten, irgendwann faltet der sich einfach zusammen. Theoretisch.« Rader zuckte unsicher mit den Achseln.

»Wenn ich hochgehe, fängt der Kerl an zu schießen, aber treiben lassen können wir ihn ja auch nicht!« Müller kam zu einer Entscheidung. »IWO, Sie übernehmen die Zentrale, der Bootsmann soll die Geschützmannschaft mustern. Wir schleichen uns backbord achteraus von ihm und tauchen auf. Sollte er auf einen Kampf aus sein, kann er wenigstens nur eines seiner Geschütze zum Tragen bringen.«

»Jawoll, Herr Kaleun!«

Leutnant Rader räusperte sich. »Befehle für mich?«

»Sie?« Müller lächelte knapp. »Sie kommen mit mir auf den Turm! Wie gut ist Ihr Englisch?«

»Passabel, Herr Kaleun.«

»Umso besser!« Er nickte. »Dann schnappen Sie sich mal die Morselampe. Der Heidkamp soll am Funkgerät bleiben und mithören, mit wem der Bursche funkt.«

Es dauerte nur Minuten, bis das U-Boot etwa eine Meile hinter dem angeschossenen Schiff triefend aus der See auftauchte. Von unten kam der Ruf: »Turmluk ist frei!« Und schon wirbelte der Alte das Handrad herum. Das Luk schlug auf und einer nach dem anderen kamen hinter ihm die Ausgucke und zu guter Letzt Rader zum Vorschein. Auf dem Vordeck schlug das Kombüsenluk auf und der Schmadding und seine Männer erschienen auf dem schmalen Deck und mannten schon in aller Eile die ersten Granaten hoch.

»Rufen Sie ihn an: Dies ist ein deutsches Kriegsschiff, ergeben Sie sich!«

Rader hob die Lampe und begann zu morsen. Relativ langsam und sorgfältig. Das Morsealphabet gehörte zur Kadettenausbildung, aber natürlich hatten U-Bootoffiziere nicht so viel Gelegenheit zu üben.

Durch sein Glas sah Müller, wie Männer auf dem Tanker hin und her rannten, aber keiner schien das Geschütz bemannen zu wollen. Dann blinkte in der Brückennock des Schiffes ebenfalls eine Morselampe auf: »S/T Taurus, we surrender!«

»Wenigstens ist er weise.« Müller beugte sich über das Sprachrohr. »IWO, fragen Sie mal den Heidkamp, ob er funkt.«

»Er funkt, aber nur schwach. Heidkamp glaubt, der hat keinen Strom mehr und das ist ein Notgerät.«

Der Kommandant nickte. »Danke!« Nachdenklich musterte er den Tanker. Ein schönes modernes Schiff und offensichtlich gut ausgerüstet. Er wandte sich an Rader. »Machen Sie rüber: Was haben Sie geladen und wie ist Ihre Situation?«

Wieder klapperte die Morselampe und wieder dauerte es einen Augenblick, bis die Engländer antworteten: »Sunflower oil from Halifax to Liverpool. Ship is sinking slowly.«

»Fragen Sie ihn, ob er genügend Rettungsboote hat und ob die ausgerüstet sind.«

Dieses Mal dauerte es etwas länger und Rader musste nachfragen. Dann wandte der Leutnant sich an den Kommandanten. »Er sagt, er hat zwei Boote mit Mast und Segeln ausgerüstet.«

»Sehr schön! Er hat zehn Minuten Zeit, die Boote zu Wasser zu bringen. Die irische Küste ist ungefähr 40 Meilen in eins-sieben-null.« Der Alte feixte freudlos. »Er wird eine kalte Nacht haben, aber er kann es in etwa zehn Stunden schaffen. Bei diesem Wind vielleicht sogar etwas schneller.«

Rader sandte die Meldung hinüber und die Engländer nahmen sich die Zeit, sie zu bestätigen, bevor sie tatsächlich die Boote aussetzten. Eine Viertelstunde später entfernten sich die beiden vollen Rettungsboote unter Segeln. Müller beobachtete die Szene, dann nickte er. »Die wissen, was sie tun, also da müssen wir uns schon mal keine Sorgen machen.« Er beugte sich über die Turmbrüstung.

»Deckgeschütz! Feuer frei nach eigenem Ermessen. Treten Sie ihn unter Wasser, Bootsmann!«

Der Schmadding musste bereits mit der Hand am Abzug gewartet haben, denn der erste Schuss krachte beinahe augenblicklich.

»Ein Treffer!« Leutnant Rader sah mit großen Augen, wie die Granate in der Wasserlinie des Schiffes detonierte.

»Ja, ein Treffer!« Müller schmunzelte ob dieser Aufregung. »Wäre auch ein Wunder, wenn nicht, bei einer Meile Entfernung und einem fahrtlosen Ziel, nicht wahr?«

Der Leutnant dachte einen Augenblick darüber nach, dann nickte er. »Ja, richtig, Herr Kaleun.«

Der Alte hob das Glas und betrachtete das treibende Schiff. »Sehen Sie? Der hat den Torpedo ziemlich weit achtern eingefangen.«

»Ein Loch, groß wie ein Scheunentor!« Der Leutnant musterte den Tanker. »Hat sich gar nicht so laut angehört, unter Wasser, meine ich.«

»Nein, tut es nie.« Müller runzelte die Stirn. »Also Sonnenblumenöl? Was machen die mit dem Zeug? Butterersatz?«

»Vielleicht … oder Nitroglycerin.«

»Nitrogly…« Verdutzt ließ Müller das Glas sinken. »Sprengstoff? Dann sollten wir besser mehr Abstand halten?«

»Keine Sorge, Sonnenblumenöl explodiert nicht. Aber es kann benutzt werden, um Sprengstoffe zu produzieren. Wird in Deutschland auch gemacht, wir haben ja kein Palm- oder Kokosöl mehr zur Verfügung.«

Der Alte ließ die Luft zischend aus der Lunge entweichen. »Na, Ihr Wort in Gottes Ohr! Und das ist es, was Sie den Kindern in der Schule beibringen wollen? Chemie?«

»Ich hoffe darauf, nach dem Krieg Mathematik zu studieren und zu unterrichten.«

»Mathematik … na, das erklärt einiges!«

Die dritte und die vierte Granate trafen das treibende Schiff und nach und nach nahm die Schlagseite zu. Aber es kostete den Bootsmann beinahe 20 Treffer, ehe der Tanker endlich überrollte und versank. Rader hatte Recht. Sonnenblumenöl explodierte nicht, das Zeug brannte nicht einmal.

Eine Stunde später, wieder auf Westkurs, sichteten die Ausgucke eine dünne Rauchfahne am Horizont und U 15 tauchte weg. Auf 25 Meter Tiefe konnte Heidkamp im Horchgerät das Pfeifen von Turbinen hören. Das war ein Zerstörer, wenn nicht gar ein Kreuzer. Zu schnell, um ihn getaucht anzugreifen und zu stark bewaffnet, um ihn über Wasser anzunehmen. Aber einer alleine konnte auch kaum ein U-Boot jagen. Still und leise setzte U 15 sich ab.

6. Wetten

Sonntag, der 4. Februar 1917, 45 Meilen nördlich von Irland ...

Bootsmannsmaat Kern sah Willemann mit einem Achselzucken an. »Was sagst'e nun?«

»Wegen was?«

»Wegen des Raders?« Kern grinste. »Ich war oben auf Wache, als wir den Tanker umgelegt haben. Scheint's, der Leutnant hat was im Kopf. Sogar der Alte war beeindruckt.«

»Pah, der IIWO!« Hinze, der der Unterhaltung zugehört hatte, winkte ab. »Das ist einfach nur ein Offizier mehr. Die sind ja alle so besoffen von ihrer eigenen Wichtigkeit, dass die kaum noch aus den Augen sehen können.« Er verstellte seine Stimme etwas. »Den Heldentod für Kaiser und Vaterland sterben!«

Kern runzelte unwillkürlich die Stirn. Hinze klang schon beinahe wie der Willemann. Das war nicht gut, das war gar nicht gut. Vor allem nicht hier draußen, fern des heimatlichen Hafens. Aber während er noch darüber nachdachte, was er dazu sagen sollte, reckte Heidkamp, der Funker und Sanitäter, bereits den Kopf aus der oberen Koje. »Bist mal wieder Mist am Labern, und du weest es, Hinze!«

»Na, du hängst ja ständig in deinem Funkschapp rum, da ist es ja gemütlich und schön nahe beim Turm. Du solltest mal Motorenwache gehen.« Hinze senkte die Stimme. »Wenn Du da achtern bist, ganz achtern, dann ist es, als bist du von der Welt abgeschnitten. Wenn das Boot auf Grund geht, kriegst du erst was mit, wenn du absäufst. Und von da hinten kommst du garantiert nicht mehr zum Luk. Heldentod, pah, wenn's uns erwischt, dann saufen wir ab wie die Ratten. Rattentod sozusagen.«

»Wenn du keenen Spaß verstehst, dann solltest du eben nich zu den U-Booten geh'n.« Heidkamp grinste. »Du warst ja schon bei der Flotte, richtig? Hast nach der Doggerbank kalte Füße bekommen?«

»Du warst ja nicht dabei, da kannste jetzt 'ne große Klappe haben. Nachdem die Limeys Blücher zusammengeschossen haben, haben wir das Hasenpanier ergriffen, so schnell wir konnten, während die Kameraden auf dem Panzerkreuzer abgesoffen sind. Und dann habe ich ja noch auf Seydlitz gedient, bis zum Sommer '16. Ich war dort, im Skagerrak, als die schweren Brocken rumflogen, als Pommern in die Luft flog, als Lützow die Hucke voll bekam und Frauenlob und Elbing und Wiesbaden mit alle Mann sanken. Wo warst du?«

»Auf 'nem U-Boot!« Kern lehnte sich zurück. »Wir haben mehr getan, um den Krieg zu gewinnen als ihr mit euren dicken Schiffen, nicht wahr?«

»Krieg gewinnen? Das kannste dir sowieso abschminken, so wie es jetzt aussieht.«

»Mensch, halt bloß das Maul!«

»Warum?« Hinze starrte ihn wütend an. »Willst du mich bei den Offizieren anschwärzen?«

»Nein, natürlich nicht.« Heidkamp sah Hinze ruhig an. »Halt einfach das Maul!«

Für einen Augenblick starte der E-Heizer den Funker böse an, aber dann winkte er nur ab. »Pah, du hast einfach keine Ahnung. Wir haben die Limeys damals geschlagen, aber es war teuer, so verdammt teuer, und eingebracht hat es uns gar nichts. Die blockieren uns nach wie vor.«

Schweigen fiel über den Bugraum. Da war es wieder, dieses Wort. Blockade! England schnitt Deutschland seit Beginn des Krieges vom Handel über See ab. Kriegswichtige Güter konnten die ja nach allen internationalen Gesetzen zur See stoppen, aber die Limeys hatten auch alle Nahrungsmittel abgeschnitten. Vor dem Krieg waren viele Dinge aus den Kolonien gekommen. Nun gab es in der Zivilbevölkerung schon Fälle von Beri-Beri und Skorbut ... Dinge, die selbst die Seeleute vor dem Krieg nur aus alten Erzählungen gekannt hatten. Zivilbevölkerung! Das war auch so ein Wort. Für die Seeleute bedeutete es, ihre Familien, die jedes Mal, wenn sie heimkamen, etwas abgehärmter und etwas zerbrechlicher aussahen. Viele waren wütend und dieser Zorn suchte einen Auslass. Den Kaiser, die Politik, die Offiziere, es machte keinen Unterschied, der Zorn suchte einfach nur ein Ziel. Heidkamp konnte Hinze verstehen. Genau wie der Heizer hatte auch er eine Frau und Kinder daheim – und wenn er ehrlich war, dann wünschte er sich nichts mehr als genau das, was sich auch Hinze wünschte: Dass dieser ganze verdammte Krieg bald vorbei sein würde. Nur bis dahin ging es immer noch auf Biegen und Brechen. So einfach war das. Sie konnten nicht einfach aufgeben. Wenn sie den Krieg verlieren sollten, würden die anderen Großmächte sie frikassieren. Die Kolonien konnten sie ohnehin abschreiben und dann würden die alles schnappen, was nicht niet- und nagelfest war. Woher sollte dann alles das kommen, was die Heimat brauchte, um sich zu erholen? Deutschland konnte es sich einfach nicht leisten, den Krieg zu verlieren. Und außerdem war ein Fahneneid ein Fahneneid. Davon konnte man ja auch nicht einfach wegrennen, wenn die Dinge schlecht standen. Aber ja, Heidkamp verstand den Heizer. Äußerlich ruhig lehnte er sich zurück und sah zu Kern. »Und was denkste nun über den Rader?«

Der Bootsmannsmaat blinzelte. »Steckt vielleicht mehr in dem Knaben, als man ihm ansieht. Vielleicht kein guter Offizier, aber er ist helle!«

37

*

Natürlich war der Tanker Gesprächsgegenstand in der Offiziersmesse, und ebenfalls, wie es in einer Offiziersmesse nun einmal war, hielten alle etwas mit ihren Meinungen zurück. Oberleutnant Rothe war auf Wache, das ließ Wilhelm Klempke, den Leitenden Ingenieur, und Andreas Rader, den IIWO, alleine zurück, jedenfalls bis zur nächsten Mahlzeit oder dem nächsten Wachwechsel. Aber ein U-Boot war nun einmal gebaut wie ein Eisenbahnwagen. Dauernd kam jemand durch auf dem Weg von vorne nach achtern oder umgekehrt. Auf einem U-Boot gab es keine Privatsphäre, keinen Raum für eine wirklich vertrauliche Unterhaltung. Selbst die Kommandantenkammer war nur durch einen Vorhang vom Rest des wimmelnden Lebens getrennt.

Die Offiziere lebten buchstäblich zwischen den Männern, die sie führen mussten, in einer technischen Welt, die jeden Augenblick irgendwo versagen konnte, in einem Krieg, in dem man nie genau wusste, wer Jäger und wer Gejagter war, und in dem die Aussicht zu gewinnen mit jedem Monat schwand. Sie konnten ihre eigenen Sorgen und Gedanken selten frei ausdrücken, denn jede Unsicherheit würde sich im Boot verbreiten wie die Grippe und Unsicherheit im falschen Augenblick konnte ein Boot ebenso schnell vernichten wie eine feindliche Granate. Offiziere waren allzu oft nicht besoffen von der eigenen Wichtigkeit, sondern versteinert von der Angst, einen tödlichen Fehler zu begehen. Dies war auch der wichtigste Faktor, der ihr Leben bestimmte. Der Krieg selbst? Kaum ein geeignetes Gesprächsthema für die O-Messe in einem U-Boot. Der LI und IIWO waren daher auf die Ereignisse des Vortages beschränkt – strikt unpolitisch natürlich.

»Also Sonnenblumenöl?«

Rader nickte. »Alles ist knapp im Krieg. Armeen müssen versorgt werden, während die Männer im Krieg sind, also nichts produzieren. Selbst für die Limeys ist es schwierig, auch wenn die ihre Rohstoffe aus der ganzen Welt importieren können. Also greifen sie zurück auf alles, was einfacher zu kriegen ist.«

»Sonnenblumenöl wird für Butterersatz verwendet, richtig?«

Der junge Leutnant nickte. »Margarine, Bratfett, aber natürlich auch als Grundstoff, um alles Mögliche herzustellen. Sprengstoff, Frostschutzmittel. Ich habe gelesen, ein paar Chemiker würden glauben, man könne daraus sogar Schmieröl machen oder Petroleumersatz.«

Der Leitende blinzelte. »Dann können wir unser Boot mit Sonnenblumenöl betreiben?«

»Es müsste natürlich chemisch aufbereitet werden.« Rader dachte ernsthaft darüber nach. »Natürlich bin ich kein Chemiker, ich habe keine Ahnung, wie das im Detail abläuft, aber so ein Tanker voll mit dem Zeug könnte wahrscheinlich ein ganzes U-Bootgeschwader für einen Monat betreiben.«

»Gute Sache dann, dass der auf dem Grund liegt. Das tut den Engländern weh.«

Rader sah den Leitenden mit einer Mischung aus Belustigung und Entsetzen an. »Sie glauben, dass das der einzige war?«

»Natürlich nicht.« Der Oberleutnant sah sich um. »Aber jedes bisschen hilft.«

Andreas Rader blinzelte ebenfalls und sah sich um, aber keiner der Männer schien in der Nähe zu sein. Langsam nickte er. »Ja, so kann man es auch sehen.«

»Wissen Sie, Herr Rader? Ich glaube, das ist der einzige Weg, wie man es sehen kann.« Der Oberleutnant lehnte sich etwas bequemer auf der Unterkoje zurück. »Wir haben noch fünf Aale. Vier in den Rohren und einen in Reserve. Wenn wir die abgeliefert haben, können wir heimfahren. Wird vielleicht kein langer Urlaub, aber schon etwas Landgang kann die Stimmung der Männer wieder verbessern.«

»Ja, natürlich, aber ...«

»Nichts aber, Herr Leutnant!« Oberleutnant Klempke unterbrach den IIWO. »Wir alle hoffen und beten, dass Sie mit ihrer Vermutung über einen Geleitzug richtig liegen! Dann können wir was unter Deck schieben und Kurs in die

Heimat setzen. Und das ist alles, was Hein Seemann interessiert, nicht?«

»Ich frage mich nur, warum wir einen Einzelfahrer erwischen konnten, wenn die Engländer wirklich alles in Geleitzügen zusammenfassen.« Leutnant Rader schüttelte sich. »Kann natürlich immer mal was schiefgehen bei so einer großen Organisation …«

»Oh verdammt! Beten Sie, dass der Tanker einfach nur ein Fehler von irgendeinem Papierkrieger war. Beten Sie, dass ihr Geleitzug in den nächsten Tagen fröhlich des Weges kommt und wir ein paar Schiffe daraus versenken können. Denn wenn nicht, hängen wir hier draußen dumm rum, bis uns der Sprit ausgeht, und bei unserer Gammelfahrt kann das noch etwas dauern.«

»Aber wenn unsere Torpedos verschossen sind, müssen wir heim.« Rader lächelte scheu. »Ja, ich verstehe.«

»Sehr gut!« Oberleutnant Klempke rappelte sich auf. »Ich gehe mal nach achtern, nach dem vorderen Steuerbordmotor sehen, der hat gestern ein paar Geräusche gemacht, die ich gar nicht gemocht habe.« Er beugte sich zur anderen Koje. »Was lesen Sie denn da?«

Rader hob das Buch, damit der Leitende den Titel lesen konnte. Der Oberleutnant verzog das Gesicht. »Norman Angell? Und dann noch in Englisch?«

»Na ja, interessanter Stoff, vor allem auf der mathematischen Seite.«

»Und was hat er zu sagen, der Herr Angell?«

»Ganz vereinfacht, dass der Krieg ein Desaster für die Wirtschaft ist.«

Klempke griente. »Na, dass hätte ich Ihnen auch sagen können, ohne ein Buch zu lesen.«

Der Leutnant sah dem Leitenden nach, der nach achtern verschwand. Natürlich war der Krieg ein Desaster an allen Fronten, auch für die Wirtschaft. Rader dachte nach. Er wusste, was gesprochen wurde. Er verbrachte den größten Teil seines Lebens an Bord damit, schweigend zuzuhören. Natürlich hatten die Männer Ansichten. Es gab in der Besatzung Monarchisten, Demokraten, ein paar

Kommunisten und natürlich wie immer die schweigende Mehrheit. Jeder hatte Ideen, was nach dem Krieg kommen würde oder sollte. Offensichtlich nicht nur in Deutschland. Das Problem für Rader war, seine Welt bestand aus Mathematik, aus sauberen, klaren Gleichungen und keine dieser Ideen ergab mathematisch irgendeinen Sinn. Aber was ergab schon Sinn in diesem Krieg?

7. Der Feind

Dienstag, der 6. Februar 1917, 38 Meilen nördlich von Irland ...

»Was haben Sie?«

Der Funker blickte kurz zu Kapitänleutnant Müller auf. »Zerstörer, bisher eenen oder zwee! Die rasen hin und her wie von der Tarantel gestochen. Mindestens 20 Knoten, aber noch weit entfernt.«

»Wo peilen die jetzt?«

Heidkamp drehte am Handrad. »Der eene so ungefähr in null-sieben-fünnef, wandert schnell nach rechts. Der annere dreht gerade in null-acht-acht.«

Die Peilungen setzten sich selbsttätig in Müllers Kopf zu einem Bild zusammen. Also standen beide Kriegsschiffe an Steuerbord, und da U 15, gerade wieder getaucht, sich auf die Küste zubewegte, befand sich Steuerbord nun im Westen. Die kamen also entweder aus dem Atlantik oder hoch aus dem Norden von Scapa und hielten nun auf die Irische See zu.

»Wie weit sind die noch ab, was schätzen Sie?«

»Weit. Mindestens 20 Meilen, eher dreeßig bei dem Lärm, den die machen.«

Müller nickte. »Die suchen die Geleitzugroute ab.« Er kam zu einer Entscheidung. »Wir bleiben noch eine Weile unten, ich schätze, da kommen noch mehr. Bleiben Sie dran.«

»Jawoll, Herr Kaleun!«

»Sehr gut, ich bin dann in der O-Messe. Lassen Sie mich rufen, wenn sich was verändert.«

Als er in die Messe trat, richteten sich die Augen auf ihn, aber er winkte nur ab. »Genießen Sie Ihr Frühstück, meine Herren.« Er grinste. »Es tut sich nichts für die nächsten Stunden, wir bleiben getaucht.«

Max Rothe runzelte die Stirn. »Ärger im Anmarsch?«

»Die Limeys suchen mal wieder die Geleitzugrouten nach U-Booten ab.« Müller gab sich gleichgültig. »Rauschen hin und her wie verrückt. Bei dem Tempo können die gleich über unser Boot fahren und kriegen nichts mit. Wir bleiben im Keller und schleichen uns etwas aus dem Weg, dann sollte alles glatt gehen.«

»Man sollte doch meinen, die hätten in der Zwischenzeit gelernt, dass ihnen das nichts bringt.« Oberleutnant Klempke schüttelte den Kopf.

»Es dauert immer Jahre, bis alle alten Köpfe in höheren Positionen ausgetauscht sind. Bis dahin wird es weiterhin Befehlshaber geben, die noch in den Kategorien des Krimkrieges denken.« Müller griff nach dem Brot. »Und bis alle ihr Handwerk gelernt haben, bricht wieder der Friede aus.«

»Na großartig! Und in 20, 30 oder 40 Jahren fangen unsere Kinder und Enkelkinder dann wieder von vorne an?«

»War ja immer so, nicht wahr, Herr Rothe?« Müller sah den IWO fragend an. »Enkelkinder? Sie haben doch noch nicht einmal Kinder, bis jetzt. Oder habe ich da was verpasst?«

Rothe lief leicht rötlich an. »Wir erwarten unser erstes. Die Ärzte sagen: im Sommer.«

»Na dann, herzlichen Glückwunsch, Herr Oberleutnant!«

»Jetzt muss ich nur den verdammten Krieg überleben, nicht wahr?«

Müller griente. »Na, da sehen wir mal, was wir tun können.« Er sah sich um. »Rader ist auf Wache?«

»Soll ich ihn rufen?«

»Nein, lassen Sie mal.« Der Kommandant griff zum Honigersatz. »Nur sollte ihm jemand nach der Wache sagen, was die englischen Zerstörer bedeuten.«

»Dass die versuchen, die Route eines Geleitzuges von U-Booten zu säubern?«

»Ja. Sieht so aus, als hat er recht gehabt.«

»Ja, wenn die jetzt versuchen, uns zu vertreiben, dann muss das Geleit nahe sein.« Rothe runzelte wieder die Stirn. »Die treiben einen ziemlichen Aufwand, nicht wahr?«

»Wer, die Engländer?«

»Ja, ich meine …«

»Ich weiß, was Sie meinen, Herr Rothe.« Müller schüttelte den Kopf. »Wir haben den uneingeschränkten U-Bootkrieg ausgerufen. Zum zweiten Mal. Natürlich haben die so ihre Ideen, wo wir rumhängen. Vor allem jetzt, nachdem wir den Tanker umgelegt haben.«

»Also fragen wir uns, wohin sie ausweichen?«

Müller griente ein wenig schief. »Richtig, und die Limeys wundern sich dann wieder, zu welchen Schlussfolgerungen wir gekommen sind, und versuchen, nicht gerade da durchzuschlüpfen, wo wir nun lauern, nachdem wir etwas über das ganze Problem nachgedacht haben.«

Rothe machte ein verständnisloses Gesicht. »Wie?«

»Wir bleiben hier!« Der Alte lächelte schmal. »Weil die Engländer sich offensichtlich gedacht haben, wir denken uns, sie versuchen eine andere Route, näher an Schottland heran. Also kommen die doch hier durch, weil sie glauben, wir sind in der Zwischenzeit weg.«

Der IWO sah den Kommandanten zweifelnd an. »Es sei denn, die Limeys denken nicht so viel nach, wie wir annehmen, nicht wahr?«

*

Stunden später waren von den britischen Kriegsschiffen nur noch Rauchfahnen zu sehen. U 15 tauchte auf. Die Wache auf dem Turm beobachtete die abdampfenden Limeys

43

beinahe entspannt. In der grauen See war ihr U-Boot auf zwei Meilen praktisch unsichtbar.

Leutnant Rader taxierte den Kommandanten von der Seite. Äußerlich entspannt lehnte der Alte auf der Turmbrüstung, sah den Engländern hinterher und schmauchte eine Zigarre. »Sieht so aus, als haben die Limeys nicht so viel dazugelernt, wie ich gedacht habe.«

»Krieg ist Irrsinn, der vom Zufall zusammengehalten wird. Jemand übersieht etwas und … na ja, … dann ist auf einmal wieder alles ganz anders.«

»Ziethen, Herr Leutnant?«

Rader zuckte mit den Schultern. »Es erscheint passend, nicht wahr?«

»Ziethen war ein Husar!« Müller produzierte ein paar Qualmwölkchen. »Wie der auf einem U-Boot passend sein kann, sehe ich jetzt nicht?«

»Es ist die Mathematik des Krieges, Herr Kaleun.«

»Und ich dachte, das wäre von Clausewitz gewesen?« Müller griente etwas schief. »So, was sagt Ihre Mathematik des Krieges nun zur Situation?«

Andreas Rader warf einen kurzen Blick zu den Ausgucken seiner Wache. »Hey, nun mal nicht Maulaffenfeil halten, Männer!« Er zwang sich zu einem breiten Grinsen. »Die sind weg, der Geleitzug kommt von da!« Er deutete nach achtern. »Also, auf eure Sektoren achten, Männer!« Er wandte sich wieder Müller zu. »Es sollte mich freuen, dass ich recht hatte, aber irgendwie …« Der junge Leutnant zögerte.

Der Alte betrachtete die Zigarre in seiner Hand nachdenklich. »Sie haben recht. Es bedeutet, die Limeys haben mindestens drei Wochen vor uns gewusst, dass wir den uneingeschränkten U-Bootkrieg wieder aufnehmen werden. Die müssen irgendwo ein paar ziemlich gewitzte Spione sitzen haben.«

»Wenn, dann nicht erst seit gestern.« Leutnant Rader verzog das Gesicht. »Die Hochseeflotte ist in Wilhelmshaven neutralisiert, weil sie nicht rauskommt, ohne, dass die Engländer das mitkriegen. Wenn die Spione haben, die einen Funkspruch nach England schicken, jedes Mal, wenn die

44

dicken Brocken ankerauf gehen, dann muss sich doch irgendjemand das schon gedacht haben.«

»Und das bedeutet in Ihrer Mathematik des Krieges?«

Rader dachte nach. »Das bedeutet, irgendjemand, der mehr davon versteht, muss schon seit wenigstens zwei Jahren auf der Suche nach diesen Spionen sein, aber bisher hat man noch keinen gefunden und so viele, wie das sein müssen, an so vielen verschiedenen Stellen, die können ja nicht alle so unglaublich gut sein.«

»Also?« Müller betrachtete den Leutnant interessiert. »Diese Engländer dort ...« Er deutete auf die sich entfernenden Dampferfahnen. »... haben jedenfalls keine Ahnung gehabt, dass wir genau hier herumhängen. Das haben ihre Spione ihnen also nicht erzählt.«

»Ich glaube, die Engländer sind nicht die einzigen, die ab und zu etwas übersehen.«

»Na, Sie machen mir Freude!« Der Alte verzog das Gesicht. »Wie auch immer, im Augenblick sind wir am Zug. Die Engländer haben offensichtlich vor, mit einem Geleitzug hier durchzuschlüpfen. Genau hier!«

Andreas Rader blickte hinaus auf die See. Soweit er sehen konnte, erstreckte sich die graue Wasserwüste in alle Richtungen. Natürlich, die Küste Irlands war weniger als 40 Meilen entfernt, aber von hier war sie völlig außer Sicht. Wenn man die See so sah, war es schwer vorstellbar, dass kaum vier Fahrtstunden entfernt Menschen friedlich in ihren Häusern lebten. Aber dann gestand er sich ein, dass auch das nur eine Illusion war. Irland hatte auch seine Probleme. Er spürte den sauren Geschmack im Mund. Seit tausenden von Jahren schworen Menschen, dass Friede und Freiheit die höchsten aller Güter seien, aber das einzige, worin Menschen wirklich gut waren, war andere Menschen umzubringen und ihnen die Freiheit zu nehmen. Unwillkürlich zog er seine Taschenuhr heraus und studierte das Ziffernblatt.

Nur noch zwei Stunden bis Sonnenuntergang. Er sah wieder hinaus auf die graue See. Heute Nacht würden sie einen Geleitzug angreifen, mehr Menschen würden sterben an einem Punkt in der Wasserwüste, der sich durch nichts von einer endlosen Anzahl anderer Punkte in der Wasserwüste unterschied. Heute Nacht die Engländer, morgen vielleicht sie. Der Krieg machte kaum Unterschiede. Er atmete tief durch. »Heute Nacht! Genau hier!«

Müller nickte und sah seinen IIWO mit beinahe zynischer Belustigung an. »Und was sagt die Mathematik des Krieges dazu, dass wir nur noch fünf Aale haben? Allzu viel Schaden können wir damit kaum anrichten, nicht wahr?«

Der Leutnant versuchte, seiner Stimme einen festen Klang zu verleihen. »Sie wissen, was man sagt: Jedes bisschen hilft!«

»Wenn man es so sieht …«

8. Das Geleit

Mittwoch, der 7. Februar 1917, 38 Meilen nördlich von Irland ... kurz nach Mitternacht

»Was haben Sie, Heidkamp?«

Der Funker drehte langsam das Handrad des Horchgeräts. »Mindestens vier, eener davon hört sich heller an.«

»Zerstörer?«

»Könnte sein?« Heidkamp lauschte in sein Gerät. »Komisch, dat es nur eener ist.«

»Da sind mehr dabei, die sind nur noch nicht in Reichweite.« Kaleun Müller schlug dem Funker auf die Schulter. »Gut gemacht, Heidkamp.«

Als der Alte in die Zentrale zurückkam, waren alle Augen auf ihn gerichtet. Er zwang sich zu einem zufriedenen Gesichtsausdruck. »Leutnant Rader, der Funker hat Ihren Geleitzug im Horchgerät. Bisher vier Schiffe, eines davon wahrscheinlich ein Zerstörer.«

»Das war zu erwarten.« Der Leutnant sah ihn unsicher an. »Geleitzüge ergeben nur Sinn, wenn die Limeys sie auch schützen, Herr Kaleun!«

»Wird denen dieses Mal nicht viel nützen.« Der Alte sah sich um. »Steuermann, was sagen Ihre Mondzeiten? Aufgegangen ist er ja schon.«

»Untergang kurz nach eins, Herr Kaleun!«

»In einer Stunde?« Müller verzog das Gesicht. »In einer Stunde kommen wir ja nicht mal über Wasser ran!«

Rothe, der IWO, zuckte mit den Achseln. »Mit Verlaub, Herr Kaleun, aber die kommen ja sowieso zu uns.«

»Auch wieder richtig.« Der Kommandant dachte kurz nach. »Also gut, wir gehen hoch, lüften das Boot durch, dann warten wir, bis die Burschen langsam angedackelt kommen und gehen wieder in den Keller.«

»Unterwasserangriff mit den Bugrohren?«

»Ja, sieht so aus. Wenn die Engländer uns lassen, drehen wir das Boot rum und bringen die beiden Aale aus den Heckrohren auch noch an.«

»Ein Zerstörer, Herr Kaleun, der kann uns kaum daran hindern!«

»Abwarten, Rothe, abwarten.«

Pünktlich eine Stunde später blubberten die Fontänen entlang der Satteltanks auf. U 15 schickte sich an, unter Wasser zu verschwinden. »Sieben Meter, was hat der Heidkamp?«

Der LI gab eine Flut von Befehlen: »Vorne unten fünf, hinten unten zwo. Zellen eins und zwei ausblasen!«

Langsam, beinahe behäbig, senkte sich der Bug nach unten. Der Zentralemaat sagte: »Drei Meter, vier Meter, vier Meter …«

»Boot folgt nicht!«

»Regeltank ausblasen!« Die Stimme des Leitenden klang konzentriert.

Zischend entwich die Luft aus einem weiteren Tank. Der Oberleutnant zählte die Sekunden mit. »Zellen fünf und sechs ausblasen!«

»Sechs Meter!«

»Und Ruder null!«

»Sieben Meter!« Und einen Augenblick später wieder: »Sieben Meter!«

Der Leitende Ingenieur legte die Hand an die schmutzige Mütze. »Boot liegt auf sieben Metern, Herr Kaleun.«

»Etwas zickig heute, die Dame?«

»Na ja, der Trimm ändert sich ja täglich.« Der LI zuckte mit den Schultern. »Wir verbrauchen Futter und Trinkwasser. Da wird das Boot ja täglich leichter.«

»Schon gut. Aber halten Sie ein Auge drauf, Herr Klempke.« Müller blinzelte. »Nicht, dass das so lange dauert, wenn wir einen Zerstörer am Arsch haben.«

»Jawoll, Herr Kaleun!«

»Also gut, Herr Rothe. Sie übernehmen, ich bin in der FT-Bude.«

Leutnant Rader hatte das Tauchmanöver mit wachsender Unruhe beobachtet. Es kam vor, dass ein U-Boot mal etwas zögerlich tauchte. Wie der Leitende dem Kommandanten gesagt hatte, verbrauchte die Besatzung ja Proviant und Frischwasser. Ein U-Boot in See wurde ständig leichter. In ein paar Tagen verfraßen 36 Mann ja schon mal ein paar hundert Kilo Gewicht und das äußerte sich in der Trimmbilanz dann als ein paar hundert Kilo mehr Auftrieb. Nicht viel sollte man meinen, verglichen mit dem Gewicht des gesamten Bootes, aber ein U-Boot balancierte technisch gesehen ja immer gerade an der Grenze zwischen Schwimmen und Untergehen. Der Unterschied zwischen Überwasserfahrt und Unterwasserfahrt lag bei ungefähr zwei Tonnen Wasser in den Tauchzellen, und dann machten ein paar hundert Kilo eben schon mal den Unterschied aus zwischen schnellem Tauchen, langsamem Tauchen oder – wenn es blöd kam – gar keinem Tauchen. War das Boot erstmal unter Wasser, konnten sie die Tiefe dynamisch mit den Tiefenrudern ändern.

Rader fühlte, wie sich sein Magen etwas zusammenzog. Hatte der Leitende es einfach verpennt oder gab es einen Grund, warum das Boot so zögerlich getaucht war? Er mochte sich gar nicht vorstellen, wie das gelaufen wäre, hätte der Alte seinen ursprünglichen Plan verfolgt und die

Engländer über Wasser angegriffen. Hätten sie schnell vor einem Zerstörer wegtauchen müssen und hätte das Boot dann gezickt …

Er beobachtete Rothe, der ein paar Befehle an die Rudergänger ausgab. Ruhig und gelassen. Manchmal wünschte er sich, so zu sein wie der IWO. Aber vielleicht war der Oberleutnant auch nur so ruhig, weil es ihm einfach an der Phantasie mangelte, sich die drohende Katastrophe vorzustellen. Andreas Rader hatte die Vorstellungskraft und manches Mal, wenn er nachts auf der Koje lag, sah er bereits die grüne, glasige Wasserwand durch die aufgerissene Hülle des Boots brechen; stellte sich vor, wie die See sie alle ersäufte. U-Bootfahrer starben nicht würdevoll für Kaiser und Vaterland. U-Bootfahrer soffen ab wie Ratten in der Falle. Andererseits, wer starb schon würdevoll im Krieg?

*

Otto Heidkamp drehte wieder am Handrad. »Schwer zu sajen, das Wasser ist noch aufgewirbelt vom Tauchmanöver.«

»Nehmen Sie sich Zeit, Heidkamp.« Der Alte lehnte im Türrahmen. »Die müssen ja immer noch ein paar Meilen weg sein.«

»Jawoll, Herr Kaleun. Ick seh, wat ick kriejen kann.«

Müller wandte sich um und seine Augen fielen auf einen jungen Seemann, der sich gegen die Wand der FT-Bude gedrückt hatte. Der Mann sollte jetzt eigentlich im Bugraum sein, aber der Bugraum war eben verdammt weit vom Turmluk entfernt. Es gab immer jemanden, der versuchte, sich näher an die Zentrale zu schleichen. Vielleicht war es ihm gar nicht einmal bewusst, aber in einem getauchten U-Boot regierten eben der Stress und die Furcht, vor allem über die Jüngeren. Der Kommandant lächelte kurz, als der junge Mann ihn aus großen Augen ansah. »Müller! Stellen Sie sich mal hier hin, gleich neben den Schott!«

»Herr Kaleun?«

»Und hier bleiben Sie stehen und geben alles in die Zentrale weiter, was der Funker zu sagen hat!«

49

»Herr Kaleun!«

Die beiden ungleichen Müllers wandten sich um, als sie den Funker hörten. »Ick hab'se, direkt in Lage null, muss ein Frachter sein.« Mit geschlossenen Augen drehte Heidkamp das Rad vorsichtig hin und her. »Zerstörer, drei Grad an Steuerbord.«

»Entfernung?«

»Bin mir nich sicher, drei Meilen, vielleicht mehr. Der läuft ziemlich hohe Fahrt!«

Kommandant Müller stutzte kurz. »Aber nicht direkt auf uns zu, hoffe ich doch?«

»Neee … ick globe, der kreuzt vor dem dicken Brocken!« Der Funker kniff die Augen zusammen. »Dahinter kommen noch mehr. Ne ganze Mahalla, Herr Kaleun.«

Der Alte nickte knapp. »Na, dann sehen wir zu, dass wir da mal etwas Kleinholz machen!«

*

»Zwotausend Meter!«

»Was haste gesagt?« E-Maat Hinze sah durch den offenen Schott aus dem E-Maschinenraum.

»Zwotausend Meter ist das Meer hier tief.« Der Motorenheizer Willemann zuckte mit den Schultern. Es war still hier achtern. Nur die E-Maschinen summten auf kleiner Fahrt. »Das ist dunkel und kalt. Wenn uns die Limeys absägen, da ham' wer dann Frieden!«

»Du alte Unke!« Hinze schüttelte den Kopf. »Der Alte weiß schon, was er tut. Den kriegen die Engländer nicht so schnell am Kanthaken!«

»Pah, der Alte! Offizier der neuen Schule. Die sind doch alle auf 'nen Blauen Max aus!«

»Ja, ich weiß.« Hinze zwang sich zu einem Schulterzucken. Natürlich hatte Willemann Angst. Sie waren hier achtern so weit von der Zentrale entfernt, wie es auf einem U-Boot nur möglich war. Die einzige Verbindung nach vorne waren die Sprachrohre. Der Alte befahl vor einem Angriff nie, die Schotten zu schließen. Das Boot bestand aus

50

drei Abteilungen, aber wenn auch nur eine volllief, dann ging es geradewegs hinunter auf den Grund. In der Ostsee mochte es da vielleicht noch eine Chance geben, aus einer Abteilung zu entkommen, wenn das Boot auf Grund lag, aber nicht hier. 2.000 Meter, hatte Willemann gesagt.

Aber der Schott zum Maschinenraum war eine andere Sache. Sollte etwas schiefgehen, vielleicht ein Kurzschluss, ein Petroleumbrand oder was der möglichen technischen Katastrophen mehr geschehen konnte, dann musste der Schott geschlossen sein, um zu verhindern, dass gleich das ganze Boot verqualmt wurde. Der Maschinenschott war immer geschlossen und damit wurden die beiden Maschinenräume für die Petroleummotoren und die E-Maschinen eines U-Boots zum einsamsten Fleck, den man sich nur vorstellen konnte. Abgeschnitten von allem Wissen, was vor sich ging, saßen die Motorenheizer herum und warteten darauf, dass sie ihre Böcke anschmeißen oder dass die E-Heizer eine Änderung der Fahrtstufe vornehmen mussten. Aber die meiste Zeit warteten sie einfach. Auf Befehle oder darauf, dass das Boot von einem Zerstörer angegriffen wurde. Auf das Wort von der Zentrale, welches ihnen mitteilte, dass sie wieder einmal davongekommen waren, oder das dumpfe Rumpeln von Wasserbomben in der Tiefe, was ihnen anzeigte, dass die Limeys hinter ihnen her waren.

*

Für einen Moment sah er nur Schwärze, dann brach das Sehrohr durch die Oberfläche, aber im ersten Moment sah er nur ein paar Wasserspritzer, dann etwas weniger Dunkles in der Nacht, aber bevor er wirklich begriff, rollte die Welle schon über den Sehrohrkopf. »Bringen Sie das Periskop höher raus!«

Hinter sich hörte er ein paar Kommandos, als der LI das Boot etwas näher an die Oberfläche brachte. Es war Fingerspitzenarbeit, aber Klempke wusste, was er tat. Beinahe in Zeitlupe schob sich des Kommandanten Blickfeld höher über die dunkle See … und dann sah er die Engländer. Nicht mehr als dunkle Schatten. Der Mond stand schon niedrig am Himmel und der silberne Schein lag nur noch schwach auf dem sich ständig bewegenden Meer. Aber inmitten der Dunkelheit zwischen den schwachen Reflektionen war etwas, das sich nicht veränderte. Schiffe! Müller hielt den Atem an. Das waren mehr, als er erwartet hatte! »Wie viele hat der Heidkamp jetzt?«

»Mindestens ein halbes Dutzend Frachter und drei Zerstörer!«

Drei! Drei waren viel gegen ein U-Boot! Müller spähte wieder durch das Sehrohr und dieses Mal konnte er eine etwas hellere Silhouette erkennen. Das musste einer von den Burschen sein, aber er konnte keine Details sehen. Drei waren viel, wenn sie Zeit und Raum hatten, aber diese drei waren behindert durch einen ganzen Geleitzug und die Dunkelheit. Sie konnten nicht frei navigieren und der Lärm, den die Frachter verursachten, störte ihre Horchgeräte. Er ließ die Griffe des Spargels los und nickte dem Heizer zu. »Einfahren!«

Für einen Augenblick dachte er nach, dann sah er die erwartungsvollen Gesichter und grinste. »Das müssen mehr als sechs sein. Heidkamp hört wahrscheinlich nur die Spitzenschiffe.«

»Und wahrscheinlich auch nicht alle Zerstörer?«

Müller nickte und sah den IWO gelassen an. »Nein, wahrscheinlich nicht. Es wird immer einer treiben und lauschen.«

»Also mindestens vier?« Rothe machte ein etwas besorgtes Gesicht.

»Nehme ich an!«

»Also, Sie wollen das Geleit von der Seite nehmen, dann drunter durch und die Heckrohre feuern?«

Müller zog die Brauen hoch. »Leutnant Rader, jetzt sagen Sie mir bitte, dass Sie das ausgerechnet haben und ich nicht so offensichtlich bin!«

Andreas Rader verzog das Gesicht. »Es erscheint logisch. Es wird den Engländern auch logisch erscheinen, sowie die ersten Aale einschlagen.«

Zur Überraschung aller grinste der Kommandant erneut. »Schön, dass wir einer Meinung sind, Herr Leutnant.« Für einen Augenblick genoss er die überraschten Gesichtsausdrücke, dann nickte er. »Wir gehen von Steuerbord aus ans Geleit, lancieren die Burgtorpedos, tauchen unter das Geleit, und wenn die Limeys sicher sind, dass wir auf die andere Seite wollen, gehen wir auf Schleichfahrt und machen kehrt.«

Max Rothe blinzelte. »Das kann klappen, Herr Kaleun!«

»Nein!« Müller schob sich die Mütze etwas verwegener zurecht. »Das wird klappen.«

9. Torpedos los!

Mittwoch, der 7. Februar 1917, 38 Meilen nördlich von Irland ... kurz nach Mitternacht

»Zwo ... drei ... vier ...«

Der IWO notierte die Zahlen vom Drehkranz des Sehrohrs. Jetzt nur nichts verbocken! Fünf Sekunden, wenn der Alte den Abstand richtig geschätzt hatte, dann ergab das die Geschwindigkeit des Ziels. Wenn nicht, oder wenn er die Winkel falsch abgelesen hatte, oder wenn das Schiff plötzlich zackte, dann würden die wertvollen Aale ins Leere gehen. Es gab ein Dutzend Dinge, die bei einem Torpedoschuss schief gehen konnten – mindestens ein Dutzend.

Müller ignorierte den IWO. Rothe wusste, was er tat. Er wartete, bis der Seemann, der die Sekunden nach der Stoppuhr aussang, die »sechs« erreichte, dann schwang er den Spargel wieder herum. Für einen Augenblick verdeckten Wasserspritzer die See, dann schälte sich eine etwas hellere Silhouette aus der Nacht. Hohe Bugwelle! Der Bursche musste ziemlich viel Fahrt draufhaben, aber das war nun mal die Art, wie die Zerstörer nach U-Booten suchten: Mit hoher Fahrt anlaufen, dann die Maschinen stoppen und lauschen. Nicht nur würden sie besser horchen können; für die Augenblicke, in denen die Maschinen standen, würden sie auch für die Horchgeräte eines U-Bootes verborgen sein, denn auch das U-Boot konnte nur erlauschen, was Geräusche abgab. Sprint und Drift, das war die Taktik der britischen Zerstörer, und wenn sie ein U-Boot entdeckten, warfen sie Wasserbomben und versuchten, den stählernen Hai an die Oberfläche zu treiben, wo sie ihn mit Geschützen erledigten, oder, sollte es sich ergeben, einfach rammten.

Der Alte beobachtete den Zerstörer für einen Augenblick. So schnell, wie der lief, würde er bald treiben. Ein Lächeln glitt über Müllers Gesicht. Nur würde er in die falsche Richtung treiben. Müller sah, wie das schlanke Heck noch weiter herumschwenkte und die vier Schornsteine beinahe eine Linie zu seinem Periskop einnahmen. Es war nur ein leichter, roter Schimmer, Feuer aus der Hölle seiner Kessel, die das Kriegsschiff überhaupt sichtbar machten, aber in einer dunklen Nacht war das genug. Müller drehte den Spargel im Kreis, aber die beiden anderen waren nirgendwo zu sehen. Das konnte bedeuten, dass sie weiter achten am Geleit liefen, dass einer auf der anderen Seite des Geleitzuges lief oder das einer oder beide gerade irgendwo in der Dunkelheit trieben und lauschten, bereit, plötzlich anzulaufen und den unsichtbaren Jäger zum Gejagten zu machen.

»IWO, wenn Sie bereit sind?«

»Neuer Kurs wird 70 Grad, Herr Kaleun.«

»Sehr gut! Dann bringen Sie das Boot herum, Herr Rothe.«

»Jawoll, Herr Kaleun!«

Müller konzentrierte sich wieder auf das Sehrohr. Normalerweise, bei Tageslicht, hätte er es nicht riskiert, den Spargel so lange oben zu lassen, aber bei Nacht hatten die Engländer kaum eine Chance, das Sehrohr zu entdecken, selbst wenn es, wie jetzt, wegen des Seegangs ziemlich weit aus dem Wasser ragte. Wenn er schon Probleme hatte, einen ausgewachsenen Frachter auszumachen, dann musste es ja für die Limeys noch viel schwieriger sein!

Müller spürte, wie sich das Boot leicht überlegte. In seiner Optik schien die Meeresoberfläche zu kippen. Nicht viel, vielleicht zwei oder drei Grad, aber es wirkte trotzdem etwas irritierend. Er schwenkte die Handgriffe herum, um das Ziel im Auge zu behalten. 70 Grad, wenn der IWO die Kursänderung durchgeführt hatte, dann würde der Bug des Bootes auf einen unsichtbaren Punkt im Wasser zeigen, den der erste Frachter ebenfalls passieren würde, sollte er auf diesem Kurs bleiben. Im Grunde musste Müller mit dem ganzen Boot auf jenen Punkt zielen und im richtigen Augenblick die Aale abfeuern lassen. Aber das bedeutete auch, dass er für lange Minuten den Kurs und die Tiefe nicht ändern durfte. Sollte jetzt ein Zerstörer anlaufen …

Er schwenkte das Sehrohr weiter herum, nach Backbord. Da war der eine Zerstörer, den er vorher gesehen hatte, immer noch auf ablaufendem Kurs. Wo zum Teufel waren die anderen? »Was hat der Heidkamp?«

Es dauerte einen Augenblick und in der Zwischenzeit hörte er den IWO wieder kommandieren: »Stützruder, steuern Sie null-sieben-null!«

»Jawoll, Herr Oberleutnant!«

»Von FT-Bude, Herr Kaleun! Mindestens ein Dutzend Frachter, Turbine in zwo-sechs-fünnef, Turbine in drei-vier-fünnef!«

Zwei! Der eine war der Bursche, der an Backbord ablief, der andere stand beinahe voraus, irgendwo hinter dem Frachter, der dritte musste sonst wo treiben und lauschen. Müller unterdrückte den Impuls, laut zu fluchen. Stattdessen zuckte er mit den Schultern. »Also schön. Alle Rohre bewässern. Torpedoklappen öffnen!«

Er drehte das Sehrohr wieder in die Peilung des ersten Frachters. Eine kleine Bugwelle, nur mehr ein paar Spritzer und dahinter ein massiver Schatten. Müller hielt den Atem an. Der Kerl war groß – größer, als er zuerst gedacht hatte. »IWO, wir lancieren Rohr I und II auf den ersten. Der ist ziemlich fett. Rohr III danach auf seinen Hintermann.«

»Jawoll, Herr Kaleun! 30 Sekunden!«

Müller kontrollierte noch einmal die Peilung. »Er kommt langsam auf.«

»20!«

Der Alte verdrängte alles andere aus seinem Hirn und hielt das Periskop auf das Ziel gerichtet. Der IWO würde jetzt den Kranz mit den Gradzahlen mit Argusaugen beobachten. Stille hing über der Zentrale.

»Zehn!«

Müller hob die Hand. »Bereit zum Feuern!«

»Fünf!«

»Rohr I ... looos! Rohr II .... los!«

Das Boot ruckte unter seinen Füßen, von vorne hörte er Luft aus einem Ventil entweichen, als der LI Wasser in eine der Trimmzellen laufen ließ.

»Torpedos laufen!«

Er wartete einen Augenblick, nicht länger als ein paar Herzschläge, dann drehte er den Spargel auf den zweiten Frachter. Deutlich kleiner. Er holte tief Luft. Abwarten ... abwarten ... der dritte Schuss war mehr oder weniger Glückssache. »IWO, null-sechs-null!«

»Jawoll, Herr Kaleun, null-sechs-null!«

Wieder neigte sich das Meer in seiner Optik, dieses Mal zur anderen Seite. Abwarten ... selbst als das Meer wieder in die Horizontale geriet, wartete er noch einen Augenblick. Ließ das Boot auf dem neuen Kurs zur Ruhe kommen. Der Kurswechsel hatte die Entfernung verringert, die der Torpedo laufen musste. »Rohr III ... los!«

Er hörte, wie der Befehl über die Sprachrohre weitergegeben wurde, aber das Zischen der Pressluft und das leichte Rucken des Bootes waren Bestätigung genug. Der dritte Aal befand sich auf der Reise.

»Bugklappen schließen!«

Er schwenkte den Spargel in einem Halbkreis. Der erste Zerstörer ... der zweite erschien aus der Dunkelheit, eine graue Silhouette mit einer höheren Bugwelle. Aber noch weit entfernt. Weit ... was war schon weit in einer Nacht wie dieser? Der war vielleicht zwölfhundert Meter weg, vielleicht nur 1.000? Mit Brassfahrt konnte der Geleiter in einer Minute über ihnen stehen, wenn er jetzt den Braten roch.

»Herr Kaleun! Zerstörer läuft an, null-vier-fünnef Grad!«

Müller schwenkte das Sehrohr in die Peilung, die aus der Funkbude gerufen wurde. Da war er, der dritte Zerstörer! Musste tatsächlich auf dem Wasser getrieben und gelauscht haben! Die Teile des Puzzles kamen zusammen. Die leisen E-Maschinen hatte der Bursche nicht gehört, aber nun hatte er die Aale mitbekommen.

Müller sah das Kriegsschiff in einem engen Kreis herumschwingen wie ein Türflügel. Entlang des Bugs und annähernd eines Drittels seiner Länge spritzte Wasser auf, als er die Maschinen mit voller Kraft laufen ließ und gleichzeitig Hartruder gab. Müller verzog das Gesicht. Der würde trotzdem zu lange brauchen, bis er wieder auf Fahrt gekommen war. Der Zerstörerkommandant musste wohl zur gleichen Schlussfolgerung gekommen sein, denn auf der Brücke des Kriegsschiffs blitzte ein Morsescheinwerfer in hektischem Stakkato auf. Müller ließ die Griffe los und trat einen Schritt zurück. »Einfahren!«

Er wandte sich um. »Neuer Kurs wird null-eins-null! LI, bringen Sie uns auf 30 Meter!«

Der Erste tippte an die Mütze und wollte bestätigen, da traf eine Serie von Geräuschen das Boot. Zuerst hörten sie den Einschlag eines Torpedos, dieses unverkennbare Geräusch, das mehr wie ein zerreißendes Stück Stoff als eine echte Explosion klang, aber dann, während sie auf den zweiten Einschlag warteten, rollte plötzlich ein dumpfes Grollen durch das Wasser.

Instinktiv griff jeder nach Halt. »Wasserbomben?«

Der Kommandant blinzelte und sah den IWO an, der die Frage gestellt hatte. Probeweise ließ er das Rohr los, an dem er sich festgehalten hatte. Das Boot ruckte nicht, es schüttelte sich nicht, es lief ruhig seinen Kurs. »LI, 30 Meter, jetzt! IWO, bringen Sie uns auf den neuen Kurs!«

Leutnant Rader stand am Kartentisch neben dem Steuermann und schloss für einen Augenblick die Augen. Der Alte sah ihn nachdenklich an, während hinter ihm der

IWO und der LI durch die Litanei des Kurswechsels und der Tiefenänderung gingen. Als der junge Leutnant die Augen wieder öffnete, nickte er ihm kurz zu. »Muss wohl Munition geladen haben.«

Müller räusperte sich. »Muss er wohl!« Er wandte sich zu den jubelnden Männern in der Zentrale. »Nun mal wieder Ruhe hier, noch ist nicht Feierabend!«

Der Alte drehte sich wieder um. Rader hatte es kapiert. Das waren keine Wasserbomben, das war eine andere Art von Explosion gewesen. Der große Frachter musste in die Luft geflogen sein. Ein großes Schiff, so um die 40 Mann Besatzung, und nun war es weg, als hätte es den Zossen und die Männer auf ihm nie gegeben.

Der Bug des U-Bootes senkte sich leicht und er hörte den Zentralemaat die Tiefe aussingen. »Neun … zehn … zehn … elf …«

»Schneller tauchen, LI! Regeltank fluten!«

»Jawoll, Regeltank fluten!«

Müller wandte sich dem Schott zu. »Heidkamp! Was macht der Zerstörer?«

»Lage null-sieben-null, nimmt immer noch Fahrt auf!«

Null-sieben-null! Der Bursche hatte keinen Kontakt, der steuerte auf die Position zu, von der sie die Aale gefeuert hatten. Kein Wunder, dass er sie nicht hörte, wenn er mit voller Kraft versuchte, Fahrt aufzunehmen. Seine eigenen Maschinen störten sein Horchgerät!

Müller entspannte sich etwas. Selbst, als in einiger Entfernung ein paar Wasserbomben explodierten, rührte er sich nicht. Weit! Die Tommies hatten keinen Kontakt.

»20 … 21 …«

»Boot abfangen, LI!«

Klempke nickte. »Tiefenruder null!«

Langsam kam der Bug auf. Müller griente. »Wenn der Geleitzug nicht zackt, dann stehen wir in fünf Minuten direkt unter den Frachtern.« Er zuckte scheinbar gleichmütig zusammen. »Einen Munitionsfrachter versenkt, mit dem dritten Aal habe ich wohl eine Fahrkarte geschossen!«

Der IWO neigte den Kopf und grinste. »Kommt in den besten Familien vor, Herr Kaleun, aber den Burschen haben wir erwischt, der geht aufs Konto. Was meinen Sie, wie groß war der?«

Der Alte runzelte die Stirn. »Sechs-, sechseinhalbtausend Tonnen. Groß jedenfalls!« Er schnippte mit den Fingern. »Heidkamp, was machen die Engländer?«

»Der Zerstörer scheint zu drehen, steht jetzt in null-neun-null! Der annere läuft eher halbe Fahrt in zwo-zwo-fünnef. Den dritten hör' ick nich! Frachter kommt auf, aus zwo-acht-null.«

Der Kapitänleutnant nickte knapp. »Sehr gut. Danke, Heidkamp.« In seinem Kopf setzten sich die Peilungen zu einem Bild zusammen. Der Geleitzug hielt also stur seinen Kurs durch. In ein paar Minuten würden sie unter den ersten Frachtern stehen, da konnten die englischen Zerstörer sie nicht angreifen. Mal davon abgesehen, dass die schweren Maschinen der Dampfer ihre leisen E-Maschinen sowieso einfach übertönen würden. Für Minuten würde das deutsche U-Boot für die Limeys verschwunden sein. Jedenfalls, bis es wendete, um seine Heckrohre abzufeuern. Die beiden letzten Aale! Wenn sie die noch anbringen konnten, war das eine erfolgreiche Feindfahrt, sie könnten sich absetzen und dann ging es nach Hause!

Müller musste sich wieder zur Konzentration zwingen. »Heidkamp, laufend Peilungen aussingen!« Er sah kurz durch den Schott zur FT-Bude. Der junge Seemann und Namensvetter des Kommandanten stand immer noch auf der anderen Seite. »Müller, alles genau weitergeben!«

»Jawoll, Herr Kaleun!«

*

Andreas Rader hatte sich neben das achtere Schott gedrückt. Es gab eben nicht viel zu tun, wenn das Boot getaucht war. Wie die meisten der Männer wartete er. Im Boot schien alles zu funktionieren, sie waren 30 Meter unter Wasser und steuerten geradewegs unter die Frachter. Die

59

englischen Zerstörer hatten keinen Kontakt und je näher sie den großen Schiffen und all dem Lärm kamen, den diese machten, desto schlechter standen ihre Chancen. Im Augenblick sah es gar nicht verkehrt aus für U 15. Natürlich, so viel hatte Rader auch bereits über das Leben auf U-Booten gelernt, es konnte sich immer alles von einem auf den anderen Moment ändern, aber im Augenblick sah es gar nicht verkehrt aus.

Mit beinahe physischer Anstrengung zwang er sich zu entspannen. Als der Angriff begonnen hatte, wäre er beinahe von einem Bein aufs andere gesprungen. Es breitete ihm keine Mühe, die Peilungen, die der junge Seemann neben dem Funkschapp in die Zentrale durchsagte, in ein Bild umzusetzen. Ein Zerstörer drehte noch, der machte so viel Lärm, dass er gar nichts hören konnte. Der zweite schien weit ab zu stehen und lief ebenfalls hohe Fahrt. Nur der dritte, den konnte Heidkamp nicht erfassen und dafür konnte es nur einen Grund geben: Er trieb an der Oberfläche und lauschte! An dem mussten sie mit genügendem Abstand vorbeikommen, damit er sie nicht hörte.

»Umdrehungen für zwei Knoten!«

Rader blinzelte, als er die Stimme des Alten wieder hörte. Das Bild in seinem Kopf änderte sich, während das Summen der E-Motoren etwas lauter wurde. Zwei Knoten, das waren rund 3,6 Kilometer in der Stunde, oder anders ausgedrückt: eine Winzigkeit mehr als ein Meter pro Sekunde. Der Zerstörer an Steuerbord würde vielleicht eine Minute brauchen, um ganz herumzukommen und Kurs auf die Stelle zu nehmen, von der sie ihre Torpedos abgefeuert hatten. Also, plus die Minute, die er gebraucht hatte, um überhaupt erst einmal wieder Fahrt aufzunehmen, das machte alles zusammen etwas mehr als 100 Meter, die sie sich seither von dieser Stelle entfernt hatten.

Aber von Backbord kam das Geleit auf. Die dicken Zossen liefen sechs Knoten. Das machte dann also drei Meter pro Sekunde! Mit jeder Sekunde legten sie jetzt dreimal so viel Weg zurück wie das U-Boot und in etwa 20 Minuten würde U 15 etwa unter der Mitte des Geleits stehen. Rader lehnte sich gegen das kalte, nasse Metall. Nichts ging schnell bei der U-Bootwaffe, das war nun einmal sicher. Selbst die Zerstörer, die schnellsten Schiffe, die er sich überhaupt vorstellen konnten, liefen kaum schneller als ein großes Automobil an Land. Weniger als 50 Kilometer pro Stunde! 15 Meter pro Sekunde! Aber das war eben genau das Problem, nicht wahr? Schiffe waren keine Automobile, selbst die kleinsten Schiffe waren immer noch große und schwere Dinger, die sich durchs Wasser bewegten. Es dauerte seine Zeit, Fahrt aufzunehmen oder auch nur den Kurs zu wechseln. Die Devise musste lauten, sich jetzt schon auszuknobeln, wo man gerne in zehn oder 20 Minuten sein würde. Dazu musste man verstehen, wo alle anderen, die Frachter, die Zerstörer, in zehn oder 20 Minuten sein würden. Seekrieg war ein kleines bisschen wie Schach spielen. Der Trick ... Rader spürte den eiskalten Schauer seinen Rücken hinunterlaufen, aber noch bevor er etwas sagen konnte, hört er den jungen Seemann am anderen Schott die Meldungen Heidkamps weitergeben: »Zerstörer läuft an, drei-drei-fünnef! Zerstörer läuft an, null-eins-fünnef!« Und dann, einen winzigen Augenblick später: »Zerstörer an Backbord hat seine Maschinen gestoppt!«

Rader starrte zum Kommandanten, unfähig, etwas zu sagen. Aber dann schob Müller die Mütze draufgängerisch zurecht und feixte. »Na also, da ist er ja!« Der Alte sah sich um. »Hatte mich schon gewundert, wo der Bursche steckt.«

Rader holte tief Atem. Also hatte der Alte bereits einen vierten Zerstörer erwartet? Aber wieso ... der junge IIWO spürte, wie sich das klare Bild aus Peilungen in seinem Kopf in Nebel auflöste. Vier Zerstörer, das konnte doch gar nicht gut gehen?

10. Der Nebel des Krieges

*Mittwoch, der 7. Februar 1917, 38 Meilen nördlich von
Irland ... kurz nach ein Uhr nachts*

Oben musste es finster sein wie im Bärenmors, der Mond
war bereits untergegangen. Kapitänleutnant Müller versuchte
sich die Situation aus der Sicht der Zerstörerkommandanten
vorzustellen. Irgendwie hatten die Limeys sie erlauscht; die
beiden Geleiter, die jetzt anliefen, steuerten den gleichen
Punkt an: sein Boot. Einer von denen musste ausweichen,
wenn die nicht miteinander kollidieren wollten. Aber der
Spielraum, den sie hatten, wurde langsam eng, die Frachter
kamen immer näher und jetzt turnten bereits alle vier
Zerstörer auf der Backbordseite des Geleits herum. Würden
die Engländer Lichter setzen, um Kollisionen zu vermeiden
oder würden sie es riskieren, mit voller Fahrt durch die
Dunkelheit zu brettern aus Angst, Licht würde es ihm, dem
U-Bootkommandanten, leichter machen, noch einen Frachter
aus ihrem Geleitzug herauszuschießen?

Von der Oberfläche kamen weitere Geräusche, auch ohne
das Hochgerät deutlich zu vernehmen. Nahe, aber nicht zu
nahe! Eine Art Pitsch-Pitsch-Pitsch, zu hell und zu schnell
für Schrauben, selbst für die schnelldrehenden
Zerstörerschrauben, dann eine ... zwei ... Detonationen,
seltsam flach.

»Die schießen da oben rum!«

»Danke, ich höre es, IWO.« Müller blinzelte. »Die müssen
glauben, wir sind auf Sehrohrtiefe.«

»Ist aber trotzdem verdammt nahe!«

»Ruhe bewahren!« Er sah über die Schulter. »Heidkamp?«

»Der eine kommt direkt auf uns zu, immer noch drei-drei-
fünnef, der andere wandert nach steuerbord aus!«

Also hatte einer der Zerstörer dem anderen den Weg
freigegeben. Wenn er nach Steuerbord auswanderte, dann
hatte er in Wirklichkeit nach Backbord gedreht, aus seiner
Sicht! Müller griff nach einer der allgegenwärtigen
Rohrleitungen. »Der will uns mit Wasserbomben eindecken!

IWO, Kursänderung auf mein Zeichen! Wir drehen hart nach Steuerbord und kurz darauf zurück nach Backbord!«

»Jawoll, Herr Kaleun!«

Minuten verstrichen und erschienen den Männern wie eine Ewigkeit. Mit leise summenden E-Maschinen hielt das Boot stur seinen Kurs … und dann hörten sie es. Ein mechanisches Grollen über ihnen. Zuerst war es noch leise, mehr eine Ahnung, aber noch während sie lauschten, wurde es lauter, wuchs zum Lärm von Turbinen an. Das war nicht das gewöhnliche Stampfen von Dampfmaschinen, das war ein Kriegsschiff und es lief offensichtlich mit hoher Fahrt.

Der IWO sah zum Alten, aber Müller schüttelte nur den Kopf. »Abwarten.« Und dann noch einmal, als wolle er ein durchgehendes Pferd beruhigen: »Abwarten.«

Ein paar der Männer zogen unwillkürlich den Kopf ein. Es hörte sich an, als würde der Zerstörer beinahe schon über ihnen stehen, aber wieder durchdrang die Stimme des Kommandanten den Lärm: »Abwarten!«

Langsam hob Müller die Hand. Noch ein paar Sekunden mehr. »Jetzt, hart Steuerbord!«

Der Rudergänger wirbelte das Rad herum. U 15 lief nur zwei Knoten, selbst mit Hartruderlage fühlte sich die Wendung langsam an. Beinahe gemütlich legte sich das Boot etwas nach rechts. Aber das war eine Täuschung. Tatsächlich schwang der Bug herum wie eine Türangel. Das war kaum zu spüren im Inneren der Röhre, weil jeder Bezugspunkt fehlte. Nur wer auf den Kompass sah, konnte die Drehung erkennen. Der Alte blickte auf die Rose, während über ihnen das Geräusch der schlagenden Schrauben beinahe schon wie ein D-Zug klang, der sie gleich überrollen würde. Nur war es kein D-Zug, es war ein britischer Zerstörer und er würde auch nicht einfach über sie hinwegrauschen, sondern sie mit Wasserbomben belegen!

»Ruder hart Backbord!« Im Geiste zählte Müller die Sekunden mit. »IWO, steuern Sie null-eins-null!«

»Null- …«

Der IWO kam nicht dazu, die Meldung zu Ende zu bringen. Draußen in der See explodierten die ersten

Wasserbomben. Das Boot bockte unter einem harten Doppelschlag und schüttelte sich wie ein angeschlagener Boxer, als die Explosionen durch die Tiefe donnerten. Für einen Augenblick tanzte die Nadel des Tiefenmessers einen irren Tanz, bevor sie wieder zu ihrer Stellung zurückkehrte und auf die 30 zeigte.

Dann wieder eine Explosion und gleich darauf eine weitere. Das Boot legte sich ruckartig auf die Seite. Gegenstände flogen aus Schapps, ein paar Glühbirnen platzten mit lautem Klirren. Die Schrauben über ihnen donnerten, als würden sie ihnen gleich in die Schädel hauen wollen. Und dann explodierte ein drittes Paar Wasserbomben.

Männer taumelten, als das Boot durchgeschüttelt wurde. Mehr Glas zerplatzte. Irgendwo sprang eine Niete aus ihrem Platz und raste wie ein Geschoss durch die Röhre. Ein dünner Wasserstrahl entsprang der winzigen Öffnung und sofort sprangen Männer herbei, um ein paar Holzstücke dagegen zu pressen. Querschnitt verringern, das Credo aller Schiffssicherer, und auf einem U-Boot ist jeder so etwas wie ein professioneller Schiffssicherer.

Die Schrauben schlugen plötzlich mehr an Backbord und das dumpfe Grollen der Explosionen verklang. Bleiche Gesichter blickten einander an, dann zum Alten. Aber der Kommandant stand einfach nur mitten in der Zentrale, die Hand auf den Spargel gelegt, und lächelte abschätzig. Verdutzt blinzelten die Männer. Müller sah sich um. »Das hat er aber schön versemmelt, der Limey!« Er musste die Stimme etwas heben, damit die Männer ihn hörten, so laut waren die Schrauben des Kriegsschiffes über ihnen noch immer. »Heidkamp! Wenn Sie wieder was hören, dann finden Sie mir mal die anderen Zerstörer!« Er schüttelte den Kopf. »Ich hab ja gewusst, dass er der Drehung nicht folgen kann, aber dass der die ganze Drehung verpasst ...«

Max Rothe hatte den Kopf etwas schief gelegt und lauschte dem ablaufenden Zerstörer nach. »Was macht er nun?«

Müller zuckte mit den Schultern. »Kann ja nicht viel machen. Bis der wieder rum ist und neu anlaufen kann, sind wir unter seinem Geleit. Da kann er ja kaum mit voller Fahrt reinpreschen, nicht wahr? So ein Frachter mangelt einen Zerstörer ja glatt über.«

»Wie …« Aber dann nickte der IWO. »Ja, ich höre es auch!«

Die Männer spitzten die Ohren. Was redeten ihre Offiziere da? Aber dann hörten sie es auch. Zuerst unbemerkt hatte sich ein weiteres Geräusch in das metallische Konzert an der Oberfläche gemischt, ein dumpfes, vielstimmiges Stampfen. Die Frachter! Der ganze Geleitzug konnte nicht mehr weit weg laufen. Müller griente. »Herr Rothe, steuern Sie genau Nord!«

»Jawoll, Herr Kaleun!«

»LI?«

Der Leitende erschien hinter den Ventilen. »Hier!«

»Wie sieht es mit den Batterien aus?«

»Bei dieser Fahrt? Etwa vier Stunden mehr!«

»Sehr schön, demnach genug Strom.« Der Alte sah sich um. »Also, nun beruhigt euch mal wieder, Männer, noch ist nicht Feierabend!«

*

Das Schlagen der Frachterschrauben klang tiefer als dass der Zerstörer. Die meisten der Kolcher liefen mit Kolbenmaschinen, aber das Stampfen der Antriebe wurde im U-Boot erst hörbar, wenn sie nahe bei einem Frachter standen. Die meiste Zeit übertönte das vielstimmige Konzert der großen Schrauben die Maschinen der Frachter.

Fast alle Männer hockten oder lehnten irgendwo, wo sie einen Platz gefunden hatten. Für den Augenblick war Ruhe. Die gröbsten Schäden waren bereits beseitigt, der Rest musste warten, bis sie auftauchen konnten. Es war eine unwirkliche Situation. Oben an der Oberfläche warteten ein paar hundert britische Seeleute nur auf ihre Gelegenheit, sie umzubringen und umgekehrt warteten sie auf die richtige Zeit, um umzudrehen und wieder auf Sehrohrtiefe zurückzukehren und noch einen Frachter mit den Heckrohren anzugreifen. Selbst wenn die Engländer annahmen, dass U 15 ganz unter dem Geleit durchtauchen werde, dass das Boot noch mindestens einmal angreifen werde, konnte es auch für sie keinen Zweifel geben … und trotzdem geschah gar nichts. Langsam, beinahe mit Kriechfahrt, schlich das Boot unter dem Geleit herum. Eigentlich stand es mehr, als dass es fuhr. Es waren die Frachter, die den eigentlichen Weg zurücklegten und in endlos erscheinenden Kolonnen über das getauchte U-Boot hinwegfuhren.

Andreas Rader sah auf seine Taschenuhr. Viertel nach zwei! Seit der Zerstörer seine Wasserbomben nach ihnen geworfen hatte, war fast eine halbe Stunde vergangen. Sie hatten die äußere Kolonne des Geleitzugs passiert und näherten sich jetzt der zweiten. Trotz der Meldungen Heidkamps hatte er die Übersicht verloren. Er konnte sich nicht einmal erinnern, ob der Konvoi zwei oder drei Kolonnen hatte. Hatte das überhaupt jemand gesagt? Wusste es überhaupt einer an Bord des Bootes? Oder war es einfach unwichtig?

Der IIWO versuchte sich die Situation an der Oberfläche vorzustellen. Es musste völlig finster sein. Musste … sollte … natürlich könnten die Limeys Leuchtgranaten feuern oder versuchen, die See mit Scheinwerfern abzusuchen, aber sie würden es nicht tun aus Angst, weitere Boote anzulocken. Als ob Deutschland überhaupt so viele U-Boote hätte. Nur wussten das die Engländer nicht – oder vielleicht wussten sie es auch? Wer wusste schon, was die andere Seite wirklich wusste.

Der Blick Raders fiel auf den Kommandanten und den IWO. Die beiden Männer standen mitten in der Zentrale, der IWO ruhig gegen den Sehrohrschacht gelehnt, und unterhielten sich leise, als würden sie nicht einmal bemerken, dass die Männer rund herum auf jedes ihrer Worte lauschten. Als wäre alles ganz normal, das ganz normale Tagesgeschäft eben, als würden oben nicht ein paar hundert entschlossene Männer darauf warten, sie zu töten. Oder wenigstens: als würde es ihnen nichts ausmachen, weil sie genau wussten, die Engländer würden sie sowieso nicht kriegen.

Rader dachte wieder an das, was Clausewitz über den Nebel des Krieges geschrieben hatte. Dass Befehlshaber im Krieg immer wieder ihre Entscheidungen in der Aufregung des Gefechts und aufgrund unvollständiger Fakten fällen mussten, eben im Nebel des Krieges. Der Alte wusste nicht alles, natürlich nicht. Sein Bild von der Situation war ebenso unvollständig wie das seiner Gegenspieler dort oben an der Oberfläche. Was wiederum die ganze Selbstsicherheit des Kommandanten zu einer Schau degradierte. Natürlich wusste er genauso wie jeder andere, dass er nicht alles wusste, dass solche Angriffe auch schiefgehen konnten, dass der englische Geleitzugchef vielleicht den Braten roch, dass etwas im Boot versagte oder dass einer der Zerstörer einfach durch Glück in seinem Horchgerät einen Kontakt bekam. Natürlich wusste er, dass sein Bild von der Situation nicht vollständig war, gar nicht vollständig sein konnte. Und natürlich hatte der Alte Angst, vielleicht sogar mehr als jeder andere an Bord. Jeder hier fürchtete um sein Leben, es war der Selbsterhaltungstrieb, der in ihnen rebellierte. Aber der Kommandant trug die Verantwortung für sie alle auf seinen Schultern. Wenn er es versemmelte, dann waren sie alle erledigt und keiner konnte sich dessen mehr bewusst sein als der Alte selbst. Trotzdem stand er hier mitten in der Zentrale und diskutierte mit dem IWO bereits die Heimfahrt, als sei das alles nur noch reine Formalität.

Aber wenn Rader Schwierigkeiten hatte, seinen Kommandanten zu verstehen, dann hatte er noch größere Probleme zu verstehen, was die Engländer da oben trieben. Der Geleitzug zog stur seinen Kurs. Warum hatten die Limeys nicht weggezackt? Wenn die Frachter den Kurs wechselten, war der sichere Schutz, den sie dem deutschen Boot im Augenblick vor den suchenden Zerstörern boten, in einer Viertelstunde außer Reichweite. Warum also nicht? Noch hatten die Engländer genügend Seeraum nach Norden. Warum nutzten sie ihn nicht? Wussten die Limeys etwas, dass sie nicht wussten? Etwas, dass der Alte auch nicht wusste?

Dumpfes Grollen rollte wieder durch das Wasser. Weit ab. Das Boot schüttelte sich nicht einmal. Trotzdem sahen die Männer einander verdutzt an.

Auch Kaleun Müller blinzelte überrascht. »Was denn nu?«

»Die müssen glauben, sie haben einen Kontakt.« Max Rothe runzelte die Stirn. »Die glauben vielleicht, sie haben uns erwischt?«

Der Alte schüttelte den Kopf. »So falsch können nicht mal die liegen!«

»Ja, aber was bombardieren die, wenn nicht uns?«

»Das …« Müller blinzelte wieder. »Das ist eine wirklich gute Frage!« Er wandte den Kopf. »Heidkamp?«

»Nur die Frachter und die Wasserbomben. Für einen Augenblick war da ein Zerstörer, aber ich habe ihn wieder verloren. Peilung ist ungefähr drei-fünnef-null, Herr Kaleun!«

Drei-fünnef-null, das war voraus und vielleicht eine Meile an Backbord. Eine Meile, das war gar nichts! In Raders Geist setzten sich die Peilungen automatisch zu einer Übersicht zusammen. Verwundert schüttelte er den Kopf. »Ein anderes U-Boot?«

»Wo soll denn das herkommen, Herr Rader?« Max Rothe sah seinen jüngeren Kameraden unsicher an.

»Von Norden.« Der Kommandant nahm die Mütze ab und strich sich über die Stirn. »Von Norden!«

Wieder rollten Explosionen durch die Irische See. Zwei, vier, sechs … dann mit einem kurzen Abstand zwei mehr.

»Dann kriegt der Kamerad aber ganz schön die Hucke voll.«

»Ruhe im Boot!« Der Kommandant setzte die Mütze wieder auf. »Wasserbomben sind ungenau. Die treffen das andere Boot nur mit Glück. Haben wir ja am eigenen Leib erfahren. Die müssen den an die Oberfläche treiben, um ihm wirklich weh zu tun.«

Rader verkniff sich eine Bemerkung. Das andere Boot hatte versucht, sich an die nördliche Kolonne anzuschleichen und einen oder zwei Frachter heraus zu torpedieren. Mehr gaben die Bugrohre ja nicht her. Nur hatte der andere

Kommandant natürlich nicht gewusst, dass die britischen Zerstörer alle auf seiner Seite auf U 15 warteten, das noch immer unter dem Geleitzug nach Norden lief. Vier Zerstörer, das waren zu viele, wenn sie sich auf ein Ziel konzentrieren konnten. Irgendwann musste eine der Ladungen einfach treffen.

»IWO, steuern Sie West!« Der Alte wandte sich um. »Heidkamp, wo steht der nächste Frachter?«

»Nicht weit, beinahe 180 Grad.«

»Suchen Sie mir den dahinter!« Die Augen des Kommandanten fanden Klempke. »LI, bringen Sie uns auf Sehrohrtiefe.«

Für einen Augenblick schien die Zeit stillzustehen und ein paar Männer zogen scharf die Luft ein. Dann gewannen Disziplin und Ausbildung wieder die Kontrolle. »Sehrohrtiefe, jawoll, Herr Kaleun!«

Der Alte ignorierte die Flut der Befehle, die IWO und LI ausgaben, und wandte sich an Rader: »Wir sind zwischen den Kolonnen. Die Zossen werden also nicht gleich über unseren Spargel rauschen.«

Der IIWO räusperte sich. »Und wenn sie kehrtmachen und den nächsten Frachter in der Kolonne umlegen, wissen die Limeys, dass wir zu zweit sind und können sich nicht mehr alleine auf das andere Boot konzentrieren.«

»Das ist die Theorie, Herr Rader!« Der Alte lachte leise. »Natürlich, wenn die da oben auch so einen hellen Kopf haben wie Sie, dann rechnen die sich aus, dass wir das Boot sind, das keine Aale mehr hat.«

»Vielleicht nicht, Herr Kaleun.« Andreas Rader zögerte. »Wir haben ja nur einen im ersten Anlauf versenkt.«

»Sie glauben, die haben den anderen Torpedo gar nicht mitbekommen?«

»Vielleicht nicht?«

Der Kommandant zuckte mit den Schultern. »Man kann ja hoffen!« Dann grinste er spitzbübisch. »Dann beten Sie mal, dass Ihr Alter im ersten Anlauf wirklich 'ne Fahrkarte geschossen hat.«

»Neun Meter ... acht ...« Die Stimme des Zentralemaats schnitt in ihre Unterhaltung.

Der Kommandant wandte sich ab. »Sehrohr ausfahren!« Er presste das Gesicht gegen den Wulst. Dann holte er Luft. »Verdammte Sch...!«

»Was ...«

Zur Überraschung aller trat der Kommandant zur Seite. »Sehen Sie sich das mal selber an, Herr Rader.« Er wandte sich um. »Heckrohre bewässern, Klappen öffnen!«

Der junge IIWO presste sein Gesicht gegen den Gummiwulst. Dann hielt er den Atem an. Es war nicht dunkel, wie er es erwartet hatte. Auf einer Seite des Sichtfelds leuchtete grelles Licht, aber von woher auch immer dieses Licht kam, zwischen ihnen und der Lichtquelle standen noch immer die Frachter der zweiten Kolonne und zeichneten sich als schwarze Silhouetten gegen den grellen Schein. Schöner konnten die Engländer ihnen die Ziele gar nicht beleuchten!

Hinter sich hörte er wieder die Stimme des Kommandanten. »Sehrohr einfahren!«

Rader trat zurück, als der Spargel wieder im Schacht verschwand. »Scheinwerfer?«

»Zu grell für Scheinwerfer. Ich vermute, die haben Leuchtgranaten geschossen, die waren nur schon zu tief unten, als wir das Sehrohr ausgefahren haben. Die werden bald neue schießen!« Der Alte rechnete kurz. »Fünf Minuten, dann gehen wir auf Südkurs! IIWO, Sie übernehmen die Kursänderung, IWO ... Max, Sie kümmern sich um die Aale. Wir lancieren zwei Einzelschüsse, also seien Sie vorbereitet!«

Die Offiziere salutierten und wandten sich ihren Aufgaben zu. Für einen Augenblick stand der Alte in der gedrängten Zentrale, Männer überall um ihn herum und trotzdem war es, als wäre er alleine, isoliert von seiner Umwelt. Dann lächelte er. »Und LI ... wenn wir die Aale los sind, will ich das Boot wieder auf Tiefe. 30 Meter! Nicht, dass wir noch in einen der Frachter laufen.«

»Jawoll!«

»Schön, dann wollen wir mal!« Er schmatzte. »IIWO, neuer Kurs wird genau eins-acht-null! IWO, das ist auch unsere Schussrichtung! Zielgeschwindigkeit sechs, Bug rechts, Tiefe drei, das sollte hinkommen!«

Das Boot legte sich etwas auf die Seite, als Druck auf die Ruder kam und den Bug in eine Drehung zwang. Müller beobachtete den Kompass und die durchlaufenden Zahlen. Der IIWO mochte ja ein heller Kopf sein, aber seine Schiffsbeherrschung ließ wirklich noch zu wünschen übrig. »Aufkommen, Rader, sonst überschießen Sie mir noch die Drehung!«

»Backbord 20.« Rader wartete einen Augenblick. »Stützruder, steuern Sie eins-acht-null!«

Müller beobachtete, wie sich die Zahlen auf der Kompassrose langsamer bewegten. »Sehr schön!«

Rader verkniff sich ein Grinsen, dass sich trotz der gespannten Situation auf sein Gesicht schleichen wollte. Er wusste selber, dass er seemännisch noch Etliches zu lernen hatte. Trotzdem hatte der Alte ihn die Kursänderung fahren lassen und den IWO an die Rechenarbeit geschickt. Vergaß der Mann jemals ein Detail?

»Sehrohr ausfahren!«

Aus dem Augenwinkel beobachtete Rader, wie der Alte das Rohr erst nach vorne, dann nach achtern wandte. »IWO! Winkel nehmen.«

Hinter ihnen begann der Zentralemaat mit monotoner Stimme die Sekunden auszuzählen: »... drei ... vier ... fünnef ...«

»Sechs Knoten!« Max Rothe blickte in seine Tabellen. »14, 13 ...«

Statt den Kurs des Bootes und damit die Richtung des Torpedos zu ändern, wartete der IWO einfach, bis das Schiff in der richtigen Position stehen würde, um den Torpedo abzufeuern.

Die Sekunden zogen sich wie Gummi, endlich hob Rothe die Hand. »Rohr V, looos!«

Noch während das Boot ruckte und der LI Wasser in eine der Trimmzellen fließen ließ, hob er wieder die Hand. »Rohr VI ... los!«

Rader spürte, wie das Boot unter seinen Füßen bockte, als auch der zweite Aal sein Rohr verließ. Das war es, nun waren alle Rohre leer. Nun konnten sie heimfahren. Jedenfalls, wenn die Zerstörer sie ließen. Denn wenn die sich ausrechneten, dass sie keine Torpedos mehr hatten, konnten sie auch rücksichtslos angreifen, denn nun war das Boot ohne jede Verteidigung.

»LI, bringen Sie das Boot auf 30 Meter!«

11. Einer noch ...

Mittwoch, der 7. Februar 1917, 38 Meilen nördlich von Irland ... kurz nach zwei Uhr nachts

Das Boot legte sich einmal mehr etwas auf die Seite, als der IIWO den Kurs änderte. Gleichzeitig senkte sich der Bug leicht.

»Neun ... zehn ... elf ...« Der Zentralemaat gab die Tiefe wieder, aber Müller nahm die Meldungen nur am Rande wahr. Die Bewegungen seines Bootes verrieten ihm genug. Sie gingen auf Tiefe und das Boot folgte. Das war für ihn im Augenblick gut genug.

Irgendwo außerhalb der Röhre hörten sie ein dumpfes Grollen über das allgegenwärtige Schlagen der Frachterschrauben. Die Limeys waren also immer noch dabei, den Kameraden abzutakeln. Es musste ein deutsches U-Boot sein, auch wenn Müller nichts von dessen Gegenwart geahnt hatte. Die Reichweite des Funkgeräts reichte nicht bis in die Heimat und umgekehrt gab das Oberkommando selten den Standort anderer Boote durch. Natürlich konnten die Engländer die deutschen Funksprüche abhören und umgekehrt. Die Frage war nur, wie viel konnten sie wirklich lesen? Die Sprüche waren natürlich verschlüsselt und jeder nahm an, die Schlüssel seien sicher, aber wer konnte so etwas schon genau sagen, und wenn man außer Reichweite der heimatlichen Funkstelle operierte, dann nützte einem ja der beste Schlüssel sowieso nichts.

Kapitänleutnant Müller schüttelte den Gedanken ab. Es war im Augenblick irrelevant. »Heidkamp, was machen die Zerstörer?«

»Immer noch achteraus, werfen Wasserbomben!«

»Alle vier?«

»Ick höre drei, der vierte muss treiben und lauschen!«

»Na, bei dem Zirkus hört der nicht viel!«

Jemand lachte irgendwo, aber das Geräusch verstummte schnell wieder. Müller sah zum IWO. »Frage Laufzeit?«

Rothe sah auf seine Stoppuhr. »Beinahe um! Zehn …«

Ein Einschlag unterbrach ihn. Es hörte sich kaum wie eine Explosion an, aber Müller wusste, dass in diesem Augenblick einer seiner Aale in eine Bordwand geschlagen war. Und gleich darauf noch einer! Matrosen begangen zu jubeln, aber Müller hob die Hand. »Ruhe im Boot, Männer!«

Die Stimmen verstummten wieder. Der Alte warf einen Blick auf den Tiefenmesser. 20 Meter gingen durch. Gott sei Dank! Die großen Schrauben vor ihnen klangen bereits verdammt nahe. Aber er unterdrückte den Impuls, Heidkamp nach vorne lauschen zu lassen. Die Zerstörer, die wahre Gefahr, waren irgendwo achteraus. Jetzt, in diesen Augenblicken, würde der britische Sicherungschef begreifen, dass er es mit zwei U-Booten zu tun hatte. Was also würde er tun?

Für einen Augenblick kehrten Müllers Gedanken an die Oberflache zurück. Er sah vor seinem geistigen Auge wieder das gleißende Magnesiumlicht der Leuchtgranaten. Er hatte nicht erwartet, dass die Limeys Leuchtgranaten feuern würden, weil das ja weitere U-Boote zu ihrem Geleit locken konnte. Offensichtlich sahen die Briten die Dinge anders. Es war eine Fehleinschätzung gewesen und Müller fragte sich, was er noch anders als seine britischen Gegenspieler eingeschätzt hatte.

»Zerstörer nimmt Fahrt auf!« Die Stimme des jungen Seemanns, der Heidkamps Meldungen weitergab, klang plötzlich gespannt und der Kommandant wusste, dass der Mann unwillkürlich die Spannung des Horchers weitergab. »Zweiter Zerstörer folgt!«

Also hatten die Briten sich geteilt. Zwei blieben am ersten Ziel, dem anderen U-Boot, die beiden anderen kamen herum, um ihnen die Hölle heiß zu machen.

Das Geräusch der Frachterschrauben über ihnen begann sich langsam zu verändern, und er wusste bereits, was vor sich ging, noch bevor die Meldung aus der FT-Bude kam: »Geleitzug ändert Kurs!«

»Wohin?«

»Geben Sie uns einen Augenblick … Heidkamp glaubt nach Backbord, aber ist noch nicht sicher!«

Backbord, das bedeutete Norden! Auf einem Schlachtfeld zur See ist immer alles in Bewegung. Nur die tödlich getroffenen Schiffe bewegen sich nicht mehr. Seit ihrem ersten Angriff hatten die Frachter bereits mehr als sechs Meilen zurückgelegt und selbst U 15 mit seiner Kriechfahrt hatte ungefähr zwei Meilen Weg gemacht. Die Frachter drehten also um die Position des anderen U-Boots herum, nicht darüber hinweg.

Für die Engländer an der Oberfläche mussten es gespannte Augenblicke sein. Ein Monstrum wie einen Geleitzug zu manövrieren erforderte Übersicht und Erfahrung. Wenigstens soweit es die Erfahrung anging, mangelte es den Limeys noch. Natürlich hatte es in der Vergangenheit bereits vereinzelt Geleitzüge gegeben, aber die britische Admiralität war kein Freund des Geleitzugsystems. Müller lächelte etwas spöttisch. Sein IIWO, Andreas Rader, konnte sich vielleicht genau ausrechnen, dass die Limeys von Geleitzügen profitieren würden, vielleicht sogar dem gerade erst erklärten uneingeschränkten U-Bootkrieg die Spitze schon im Ansatz nehmen konnten, aber Müller war in der Marine aufgewachsen. Mathematik, Logik oder sogar gesunder Menschenverstand bedeuteten gar nichts, solange nicht die eigene Admiralität überzeugt war. Schon zwei Jahre zuvor hatten britische Admiräle öffentlich über die unbedeutenden Auswirkungen eines U-Bootkriegs gespottet und verhindert, dass die Briten ein durchgehendes Geleitzugsystem einführten. Es war kein Geheimnis. Natürlich, es gab immer Gründe dafür und dagegen und die waren ja auch in den Zeitungen in Deutschland und England bis zum Erbrechen diskutiert worden, aber hier und jetzt kam alles zu einer einzigen simplen Tatsache zusammen: Die Engländer hatten noch nicht viel Ahnung vom Geleitzugfahren und die Deutschen hatten noch nicht viel Erfahrung darin, gesicherte Geleitzüge anzugreifen. Alles sah vielleicht schön und einfach auf dem Papier aus, in einem beheizten Lagezimmer, aber hier draußen waren die Dinge anders, einfach weil sie anders sein mussten.

»Einer der Frachter stoppt!«

Das musste der Erste sein, den sie getroffen hatten, aber Müller runzelte die Stirn. Heidkamp war gut, er fischte schon sehr viel aus dem Durcheinander der Geräusche heraus, aber alles würde er auch nicht hören. Über ihnen donnerten immer noch die großen Schrauben der Frachter. Die Zerstörer konnte Heidkamp doch nur hören, weil ihre Turbinen ein helleres Pfeifen produzierten. Wenn der Horcher einen einzelnen Frachter heraushören konnte, dann doch nur weil …

Er schwang herum. »Neuer Kurs zwo-null-null!«

»Zwo-null-null, jawoll, Herr Kaleun!« Rader tippte dem Rudergänger auf die Schulter. »Steuerbord 20!«

»LI, was geben die Batterien noch her?«

»Ungefähr drei Stunden bei dieser Fahrt!«

Der Alte unterdrückte ein Seufzen. »Alle unnötigen Geräte abschalten, Strom sparen!«

Der IWO trat zu ihm. »Alle Rohre gesichert!« Rothe sah ihn fragend an. »Was glauben Sie …«

»Abwarten, Herr Rothe, abwarten …« Müller winkte ab. »Ich glaube, die Limeys haben noch nicht den Hang zum Geleitzugfahren entwickelt. Da oben drehen jetzt 20 oder 30 große Schiffe. Wenn es für die dumm läuft, haben die alle Hände voll zu tun, um Kollisionen zu vermeiden!«

»Sie meinen, die Limeys haben jetzt gar keine Zeit, nach uns zu jagen?«

Der Alte zeigte sich für einen kurzen Moment verdutzt, dann schüttelte er den Kopf. Rothe war ein hervorragender Seemann, vielleicht der beste, mit dem er jemals gefahren war, aber zum Kommandanten fehlte ihm noch etwas das Verständnis. »Oh nein, die werden versuchen, uns zu erwischen, wenn sie können. Das ist die verdammte Royal Navy, die wir hier zum Tanz eingeladen haben. IIWO!« Müller blickte über die Schulter. »Was sagt ihre Mathematik zur Situation?«

»Drei Stunden Strom, Sonnenaufgang ist gegen sechs. Also bei Überwasserfahrt genug Abstand!«

»Ich verstehe nicht?« Rothe runzelte die Stirn. »Sie glauben, die Limeys wollen auf das Tageslicht warten?«

Müller zuckte mit den Schultern. »Sie haben lange gezögert, um den Kurs des Geleitzugs zu ändern, nicht wahr? Und sie haben Leuchtgranaten geschossen, um etwas zu sehen. Sehen Sie, solange wir unter Wasser sind, können die uns doch fast nichts tun und das wissen die auch. Um ein U-Boot mit Wasserbomben zu treffen, brauchen die ja schon viel Glück, wenn sie überhaupt Kontakt kriegen.«

»Aber wenn sie uns unter Wasser halten können, bis uns der Strom ausgeht ...«

»Richtig, Herr Rothe ...« Müller sah sich um, musterte die besorgten Gesichter in der Zentrale. Ein Grinsen erschien auf seinem Gesicht. »Nun macht mal nicht auf blass hier, Männer! So schlau wie die Limeys sind wir auch! Sagt ja keiner, dass wir unten bleiben müssen, bis die Batterien leer sind. Alles, was wir brauchen, ist etwas Abstand und die letzten beiden Stunden Dunkelheit!«

Die Männer entspannten sich sichtlich. Der Alte war nicht besorgt, also warum sollten sie es sein? Müller behielt das Grinsen auf dem Gesicht, obwohl es sich für ihn eher anfühlte wie ein fortgeschrittener Krampf. Natürlich waren die Dinge nie so einfach, wie sie erschienen, und die Engländer würden da ja auch noch ein bisschen mitreden wollen. Was, wenn die Limeys ihnen keine Gelegenheit geben würden, um aufzutauchen? An der Oberfläche hatten sie den Vorteil der Geschwindigkeit. Eine halbe Stunde mit voller Fahrt an der Oberfläche und sie waren außer Sicht, wenn die Sonne aufgehen würde. Unter Wasser, wenn sie Strom sparen mussten, legten sie gerade mal eine Meile pro Stunde zurück und wenn es hell wurde und sie auftauchen mussten, mochte ein scharfäugiger Ausguck sie immer noch erspähen.

»Zerstörer kommt näher!«

Müller nickte gelassen. »Ruhe im Boot, Schleichfahrt!« Er sah sich um. »Der kann uns kaum hören, wenn er volle Kraft läuft! Ruhe bewahren, Männer!«

Minuten vergingen, dann mischte sich ein helleres Geräusch in das dumpfe Dröhnen der Frachterschrauben und das Stampfen schwerer Maschinen: kleinere Schrauben, die mit höherer Drehzahl liefen. Das war der vordere der beiden Zerstörer, die auf sie eingedreht hatten. Nach und nach konnten sie im Inneren der Röhre sogar das Pfeifen der Turbinen wahrnehmen. Das Kriegsschiff musste nahe sein. Lauter, immer lauter, wurde das Geräusch der Schrauben, als wollte ein D-Zug direkt über sie hinwegfahren.

Der kann uns doch gar nicht hören, wie … aber Kaleun Müller gab den Gedanken auf. Irgendwie hatte der Limey-Zerstörer rausgekriegt, wo sie herumschlichen. Er griff nach Halt. Jetzt musste der Engländer doch jeden Augenblick seine Tiefenladungen werfen … jetzt, jeden Augenblick … der musste doch schon beinahe über ihnen stehen …

Aber dann wurde das Geräusch wieder leiser, als das britische Kriegsschiff über das U-Boot hinweg lief und nach voraus an Abstand gewann. Die Atempause war nur von kurzer Dauer, schon schlugen über ihnen die Schrauben des zweiten Zerstörers.

Die Männer hielten den Atem an. Jetzt aber! Das konnte doch gar nicht zweimal gut gehen. Aber es ging! Der zweite Zerstörer wanderte an ihrer Backbordseite vorbei und dann wurde sein Schraubengeräusch wieder leiser. Keine dumpfen Explosionen rollten durch die See, keine schweren Schläge schüttelten ihr Boot durch ... die Limeys liefen einfach vorbei, als gäbe es das U-Boot gar nicht.

Das laute Schlagen der Schrauben entfernte sich, Minuten später war es ohne das Horchgerät schon nicht mehr zu hören. Schweigend warteten die Männer ab. Die Disziplin verbot ihnen zu sprechen, aber immer noch schüttelten einige ungläubig den Kopf. Was stellten die Limeys da oben nur an?

Auch Kapitänleutnant Müller wunderte sich. »Heidkamp?«

»Die loofen weiter, weg vom Geleit. Der eene peilt in null-neun-drei, der annere in null-neun-fünnef.«

»Danke!« Der Alte nahm die Mütze ab und kratzte sich am Hinterkopf. »Also, ich habe auch keine Ahnung, was die sich denken, aber wir haben zwei von den Kameraden weggelockt und mindestens zwei weitere Frachter versenkt. Unsere Arbeit hier ist getan.« Er wandte sich an den IWO. »Herr Rothe, wir gehen auf drei-eins-fünf, langsam und gemütlich, und schleichen uns davon.«

»Zurück unter das Geleit?«

»Unter dem achteren Ende durch. Wir bleiben auf 30 Meter Tiefe.«

»Jawoll, Herr Kaleun!« Rothe tippte dem Rudergänger auf die Schulter. »Steuerbord zehn! Langsam und gemütlich, hat der Kommandant gesagt.«

»Na machen wir doch glatt, Herr Oberleutnant.« Der Rudergänger griente breit. »Und dann ab nach Hause! Ruder liegt Steuerbord zehn!«

Müller hatte der kurzen Szene schweigend zugesehen. Sie waren noch nicht daheim. Erst einmal mussten sie sich vom Geleit absetzen, dann um ganz Schottland herumfahren und dann noch durch die Nordsee mit ihren Minenfeldern schleichen, bevor sie wieder in Wilhelmshaven festmachen würden. Es lag noch ein langer Weg vor ihnen, aber trotzdem ... der Alte teilte das Gefühl seiner Männer. Es ging nach Hause.

12. Absetzmanöver

*Mittwoch, der 7. Februar 1917, 40 Meilen nördlich von
Irland ... kurz nach drei Uhr nachts*

Wieder hatte das Boot sich in Schweigen gehüllt. Die
Männer saßen herum wie Statuen, nur wer unbedingt musste,
bewegte sich. Die Luft war schlecht, aber »schlecht« ist auch
immer eine Frage der Maßstäbe. Nach den Maßstäben der U-
Bootfahrer war die Mischung aus Petroleum- und
Öldämpfen, Essensresten und alten Socken noch durchaus
atembar. Bedenklicher sah es schon mit den Batterien aus.
Der Leitende klopfte mehrfach gegen das Glas seiner
Instrumente. »Zwei Stunden!«

»Nicht drei?«

»Wir verbrauchen mehr Strom, als ich gedacht habe.« Der
Oberleutnant schnippte mit den Fingern und gab einem
seiner Heizer ein Zeichen. Der Mann setzte sich auf leisen
Sohlen in Bewegung. Irgendwo im Boot verbrauchte etwas
mehr Strom, als es sollte. Vielleicht ein Heizlüfter, denn es
war erbärmlich kalt in der Röhre? Vielleicht eine
Hilfstreibstoffpumpe? Oder vielleicht konnten sie auch
irgendwo ein paar der Lampen sparen? Jedes Ampere zählte!

Weiter vorne im Boot warteten die Seeleute und ein paar
der Heizer, die gerade nicht auf Wache waren.
Bootsmannsmaat Kern ließ den Blick über die
zusammengequetschte Versammlung gleiten. Wenn das Boot
getaucht war, gab es für die Seeleute nicht viel zu tun, also
waren sie im Bugraum sozusagen weggestaut. Lebender
Ballast, und genau wie dem Wasserballast erzählte auch
ihnen niemand, was vor sich ging. Der Krieg wurde in der
Zentrale geführt. Hier im Bugraum würden sie nur die
Konsequenzen tragen, sollten die in der Zentrale es
verbocken. Aber auch das war Teil des U-Bootlebens.
Heidkamp konnte die feindlichen Schiffe erlauschen und der
Alte konnte ab und zu mal einen Blick durch das Sehrohr
nehmen, aber der Rest der Besatzung hatte nicht die
geringste Ahnung, was vor sich ging oder wie der Feind

überhaupt aussah. Nicht, dass es Kern interessiert hätte. Er fuhr bereits seit vor dem Krieg auf U-Booten. Eine Ewigkeit, wie es ihm jetzt manchmal erschien. Mochten die Dinge hier auch jedem außerhalb eines U-Boots verrückt erscheinen, für ihn war es normal. Selbst die Zeiten im sicheren Heimathafen erschienen ihm lediglich als ungewohnte Unterbrechungen. Nur der letzte Heimatbesuch, der war anders gewesen. Seine Frau hatte alt ausgesehen. Alt und abgehärmt. Und seine Kinder brauchten neue Kleider, nur Stoff war kaum zu finden und Schuhe ... Kern mochte gar nicht an Schuhe denken. Alles war knapp, alles wurde für den Krieg gebraucht und es kam ja nichts mehr ins Land. Die Engländer blockierten Deutschland fast seit dem ersten Kriegstag, der Heimat ging die Luft aus.

Bootsmannsmaat Kern behauptete nicht, ein besonders intelligenter Mann zu sein. Er erledigte seine Aufgaben gewissenhaft und ehrlich und er tat seine Pflicht in einem Krieg, den er nicht gewollt hatte. Er war bereits Anno '14 einer der wenigen gewesen, die nicht gejubelt hatten. Einer von den alten Marineangehörigen, die die Royal Navy von Flottenbesuchen in Friedenszeiten, von Flottenparaden und gelegentlichen gleichzeitigen Besuchen in den Häfen anderer Nationen her kannten. In der Marine war der Jubel von Anfang an begrenzt gewesen, denn man hatte sich keinen Illusionen über die Stärke des Gegners hingeben können. Trotzdem hatten viele es nicht als aussichtslos angesehen. Die Hochseeflotte war stark, auf dem Papier etwa ein Drittel der britischen Schlachtflotte, aber in der Realität wahrscheinlich noch etwas stärker, weil die deutschen Schlachtschiffe besser gepanzert waren und die Briten ihre Schiffe über die ganze Welt verteilten. Die Hochseeflotte, die Hochseeflotte, die Hochseeflotte ... Großadmiral Tirpitz' Traum, des Kaisers Stolz, das war alles, woran man gedacht hatte. Bis sich gezeigt hatte, dass die Hochseeflotte in Wilhelmshaven vor Anker lag und nicht raus konnte.

Vom ersten Tag des Krieges an waren U-Boote gegen den Feind gelaufen, behindert durch die Seekriegsordnung, zu klein und zu schwach bewaffnet, und die meisten Typen mit zu wenig Reichweite. U 15 war eines dieser Boote gewesen und nicht mal eines der kleinsten oder schwächsten. Heute natürlich, drei Jahre später, war U 15 veraltet, hatte nicht genügend Torpedos und die Reichweite könnte natürlich auch größer sein, aber U 15 fuhr noch, weil Deutschland es sich nicht leisten konnte, die alten Boote außer Dienst zu stellen, und genau wie Kern tat auch das alte Boot, das in Jahren gerechnet noch gar nicht so alt war, seine Pflicht.

Die Hand des Maats streichelte über rostigen Stahl. Wir haben es also mal wieder geschafft, altes Mädchen. Alle Aale waren raus! Noch hatte es ihnen niemand mitgeteilt, aber es gab ja gar keine andere Möglichkeit, als dass der Alte sich jetzt absetzte und zurück in die Heimat lief. Was sollte er sonst tun?

Ein lautes, langgezogenes Grollen lief durchs Wasser und U 15 schüttelte sich leicht. Farbteilchen regneten von der Decke. Die Männer blickten überrascht auf. Das war nahe gewesen! Nicht gefährlich nahe, aber auch nicht weit genug entfernt, um sich sicher zu fühlen. Was zum Teufel stellten die da vorne in der Zentrale an?

*

Aber auch vorne in der Zentrale sahen die Männer einander verdutzt an, als die Explosionen durch das Wasser tönten. »Was zum Teu...«

Oberleutnant Rothe kam nicht dazu, den Fluch zu Ende zu bringen. Neue Detonationen erklangen in der Tiefe. Zwei ... drei ... vier ... dann mehrere auf einmal! Druckwellen liefen durch die See, erreichten auch U 15 und schüttelten das Boot durch. Viel Glas konnte nicht mehr zu Bruch gehen, aber wieder einmal flogen Gegenstände durch den Raum und das Licht flackerte. Fluchend griffen die Männer nach Halt.

Es schien eine Ewigkeit zu dauern, bis das Donnern endlich verklang. Die Männer sahen sich blass an. Das waren wenigstens 20 Explosionen gewesen, vielleicht auch mehr! Der IWO war baff. »So viele Wasserbomben haben die britischen Zerstörer doch gar nicht?«

81

Der Kommandant bückte sich und hob die Mütze auf, die ihm im Durcheinander vom Kopf gefallen war. »Nein, haben sie nicht!« Er holte tief Luft. »Ich habe keine Ahnung, was das war. Heidkamp, wo stecken die Burschen, was machen die?«

»Das kam aus zwo-null-null, so ungefähr!« Heidkamp presste eine Muschel des Kopfhörers gegen das Ohr, bereit, sie sofort wegzureißen, sollte der Lärm wieder beginnen. »Zwei Zerstörer in drei-drei-sechs, zwei andere weit, unjefähr in null-sechs-null.«

»Wirft einer Wasserbomben?«

»Ick höre nix! Die scheinen zu kreisen. Iss schwer, wat Sicheres zu hören, das ganze Wasser ist aufgewirbelt.«

Müller blinzelte konsterniert. Keiner der Zerstörer stand überhaupt in der Peilung, aus der die Explosionen gekommen waren und keines der englischen Kriegsschiffe befand sich nahe genug bei seinem Boot, um es anzugreifen, selbst wenn die Limeys Kontakt kriegen sollten. »Schadensmeldungen?«

Von achtern kam einer der Heizer: »Steuerbord-Abgasklappe macht Wasser, Kurzschluss in der Motoren-Elektrik an Motor I.«

Klempke nickte. »Wie schlimm ist es?«

»Nicht viel Wasser und den Kurzschluss legen die Jungs schon trocken«, meldete der Heizer geschäftsmäßig. »Wasser und 'ne abgenutzte Isolierung, das ist alles!«

»Wenn wir auftauchen, können wir die Nummer I benutzen?«

Hinze, der E-Heizer, wusste es nicht. »Geben Sie uns zehn Minuten, Herr Kaleun!«

»Aber keinen Lärm!«

»Keinen Lärm, versprochen, Herr Kaleun.« Der Mann tippte an die Mütze und verschwand nach achtern.

Müller sah seinen Leitenden Ingenieur ausdruckslos an. »Sie wollen nicht nach achtern gehen?«

»Wegen einem Kabel für zehn Pfennige?« Klempke schüttelte den Kopf. »Das haben die Maate im Griff!« Er verzog das Gesicht. »Die Isolierungen sind eben nicht mehr Vorkriegsqualität, das ist alles.«

Der Alter nickte. »Ja, wird eben alles knapp, auch der Kautschuk.« Er zögerte einen Augenblick. »Aber wir wissen jetzt immer noch nicht, wer da mit Bomben geschmissen hat.«

»Das waren keine Wasserbomben!«

Rothe und Müller wandten sich zu Rader um und der Kommandant musste schmunzeln. »Waren es nicht?«

»Glaube ich nicht.« Der IIWO zuckte mit den Schultern. »Zu viele für einen Zerstörer und sie klangen anders, noch langgezogener wie eine lange Reihe einzelner Explosionen schnell aufeinander.«

»Was glauben Sie, was es war?«

Andreas Rader sah seinen Kommandanten unsicher an. »Sie sind sich ganz sicher, Sie haben mit dem dritten Torpedo eine Fahrkarte geschossen?«

»Wir haben keinen Einschlag gehört.« Müller dachte nach. »Sie glauben, wir haben ein weiteres Schiff getroffen, das langsam abgesoffen ist?«

»Die Peilung kommt hin, nicht wahr?«

»Schon, aber …« Müller sah den IIWO unsicher an. »Da ist doch wohl eher der Wunsch der Vater des Gedankens, nicht wahr?«

»Ich wüsste nicht, was sonst explodiert sein könnte. Muss wohl Munition geladen haben, der Bursche!«

»Dann herrscht da oben jetzt ein ziemliches Durcheinander.«

»Wahrscheinlich …« Rader rückte sich die Mütze etwas kecker zurecht. »Fragt sich nur, was die Kameraden jetzt anstellen. Denn die wissen auch, dass die Zerstörer kaum einen Kontakt halten konnten während des Lärms.«

»Sie glauben …«

Aber schon klangen wieder die Einschläge von Torpedos durch die Irische See und gaben ihm die Antwort. Für einen Augenblick lang starrten die Offiziere einander an, dann nickte der Alte. »Ist 'ne schlechte Nacht, um ein Limey zu sein, nicht wahr?«

»Eine sehr schlechte Nacht.«

Müller wandte sich ab und sah sich um. »Also schön, Ruhe im Boot, wir setzen uns weiter ab.«

13. Nordkurs

Mittwoch, der 7. Februar 1917, 20 Meilen westlich von Schottland ... kurz nach zehn Uhr morgens

Der Kommandant stand zwischen den Turmwachen gemütlich gegen die Turmbrüstung gelehnt und rauchte eine Zigarre. Nachdenklich sah er über die graue See. Die Sicht war gut. Kurz nach dem Auftauchen, um fünf, hatten sie noch Morgennebel gehabt, aber der hatte sich mittlerweile aufgelöst. Seegang drei, kaum eine der Wellen trug überhaupt eine Spur von Schaum und es war erbärmlich kalt, aber nur wenige Wolken fanden sich am Himmel, also würden sie wenigstens auch keinen Schneesturm bekommen. Für den Alten war das Leben im Augenblick in Ordnung, und was morgen kam, war eben morgen.

Auf der Leiter erklangen Stiefel und dann schlüpfte einer der Seeleute aus dem Luk. »Funkspruch, Herr Kaleun!«

»Funkspruch? An uns?«

»Von U 31, Herr Kaleun!«

Der Alten griente. »Dann lassen Sie mal sehen.«

Der Seemann gab ihm einen Zettel und Müller überflog die kurze Mitteilung: »Wärmsten Dank für die Ablenkung! Habe zwei erwischt und ihren dritten Frachter in die Luft fliegen sehen.« Müller nahm einen Zug von der Zigarre. »So, der hat das also gesehen!« Er reichte den Funkspruch an Rader, der die Wache hatte. »Lesen Sie selbst, Herr Leutnant.«

Auch der IIWO überflog die Nachricht. »Also ein Munitionsfrachter!«

»Sie hatten mal wieder recht.«

Der junge Leutnant blickte nachdenklich auf die See hinaus. »Ja, wahrscheinlich. Ein Munitionsfrachter mehr oder weniger, ich frage mich, ob das einen Unterschied macht?«

»Sie wissen, was die Leute sagen: Jedes bisschen hilft!« Müller sah seinen IIWO kurz an und zuckte dann mit den Schultern. »Es ist der Krieg, wir alle müssen Befehlen gehorchen und die Befehle lauten Schiffe zu versenken.«

Rader sah sich kurz um. Der Turm war gedrängt voll. Die enge Welt eines U-Boots ließ keinen Raum für Zweifel, nicht einmal hier oben. Scheinbar gelassen zuckte er mit den Schultern. »Na, das können wir ja!«

Der Alte grinste und steckte die Zigarre wieder zwischen die Lippen. »Also, dann sind wir ja genau dort, wo wir hingehören.«

Aber Rader wusste, es war alles nur Fassade. Ein Munitionsfrachter konnte Tausende von Tonnen Munition transportieren, natürlich. Sollten die Engländer ihre Schiffe zu großen Geleitzügen zusammenfassen und sollte es den deutschen U-Booten gelingen, solche Geleitzüge gelegentlich wirksam zu dezimieren, dann konnte eine solche Geleitzugschlacht die gleichen Auswirkungen auf den Krieg haben wie eine gewonnene Schlacht zu Lande. Natürlich! Niemand war sich der Zahlen bewusster als Rader. Nur hatte alleine die Artillerie bei Verdun täglich Tausende von Tonnen Munition verschossen. Das Heer stand mit dem Rücken zur Wand und die Entente schipperte jederzeit in ungezählten Schiffen herum mit allem, was sie für den Krieg benötigte. Deutschland war dabei, den Krieg zu verlieren. Nicht heute und nicht morgen, das Gemetzel konnte noch lange weitergehen, aber am Ende war das Ergebnis unausweichlich. Wenn es Deutschland nicht gelang, die britische Blockade aufzubrechen, würde die Zivilbevölkerung hungern und die Armeen konnten nicht mehr versorgt werden. Deutschland würde einfach die Luft ausgehen – und ein einzelner Munitionsfrachter machte da auch keinen Unterschied.

Sie hatten in der letzten Nacht drei Schiffe versenkt. Alles zusammen vielleicht so 100 oder 150 Mann umgebracht und rund 10.000-15.000 Tonnen Waren auf den Grund des

Meeres geschickt. In der militärischen Logik wurde das als Erfolg verbucht, aber gerade einmal ein paar hundert Meilen von hier, in Flandern, opferten Generäle immer noch schnell mal ein paar tausend Mann, nur um die Stärke des Gegners in einem bestimmten Abschnitt der endlosen Westfront zu testen. Wie alles waren auch Männer nichts anderes als eines der Versorgungsgüter des Krieges, ohne Individualität, gesichtslos, degradiert zu reinen Zahlen. Andreas Rader liebte Zahlen, sie waren ihm immer als klar und irgendwie sauber erschienen. Aber nicht diese Zahlen.

Sie waren davongekommen, aber an diesem Morgen fühlte er sich müde, ausgelaugt und angewidert und das Schlimmste von allem war, er konnte erahnen, dass der Alte hinter seiner Fassade gelassener Unzerstörbarkeit das Gleiche fühlte. Es war ein verwirrendes Gefühl für den jungen Offizier. Es machte den Kommandanten menschlich und damit auf eine unbestimmte Weise verwundbar und wenn der Kommandant verwundbar war … Rader blickte nach vorne, wo das lange Vorschiff sich durch die See schob. Es war nicht schwierig, sich das wimmelnde Leben im Inneren des Bootes vorzustellen. Männer, die beim Wachwechsel in den Mief des Vorgängers krochen, weil natürlich nicht jeder seine eigene Koje hatte. Männer, die dicht gedrängt auf Wache auf ihren Stationen standen und saßen. Männer, die versuchten, irgendwo eine Mütze voll Schlaf zu nehmen. Männer überall, und sie alle hingen davon ab, dass ihr Alter so unzerstörbar war, wie er tat.

*

Auch Kapitänleutnant Müller machte sich seine Gedanken. Nicht um das große Kriegsgeschehen. Ein Kommandant macht sich zuerst immer Gedanken um sein Boot und seine Besatzung. Nach dieser Fahrt würde er eine Beurteilung über Rothe abgeben müssen. Wenn er ihn gut beurteilte, dann würde sein IWO in ein paar Monaten sein eigenes Boot kommandieren. War Rothe dazu bereit? Müller bezweifelte es. Nur würden die Erfordernisse des Krieges kaum darauf

86

warten, dass Max Rothe wirklich bereit für ein eigenes Kommando sein würde, also würde er so oder so befördert werden, nur nicht nach dieser Fahrt, sondern nach der nächsten oder übernächsten und bis dahin würde er einen angesäuerten IWO haben, der jede Gelegenheit nutzen würde, seine besonderen Führungsqualitäten zu beweisen. Sowas konnte immer mal ins Auge gehen.

Dann war da Klempke. Klempke war Ingenieur, das bedeutete, wenn er befördert werden wollte, musste er die U-Boote verlassen und irgendwo in einen Stab gehen oder auf eines der Dickschiffe versetzt werden, die in Wilhelmshaven um ihre Anker schwoiten. Es wäre eine völlige Verschwendung von Klempkes Fähigkeiten, aber ein höherer Rang und damit auch etwas mehr Sold würde ihm helfen, seine Familie über Wasser zu halten. Alles wurde teurer, natürlich, ebenfalls eine Folge der Blockade. Klempke hatte eine Frau, zwei Kinder und ein Drittes auf dem Weg. Es wäre unfair, Klempke die weitere Karriere zu blockieren, nur weil er ihn an Bord behalten wollte, aber wer wusste schon, was man ihm als Ersatz schicken würde?

Das brachte ihn zu Rader. Dies war die erste Feindfahrt des IIWO als Wachoffizier. Er war zuverlässig, intelligent, nur noch immer erheblich zu unsicher im Umgang mit den Männern und seemännisch … Müller fehlten die Worte. Rothe war in erster Linie Seemann, Rader in erster Linie Akademiker, aber die Chancen, dass er als Ersatz für Rothe tatsächlich einen echten Seeoffizier bekommen würde, waren gering. U 15 war ein altes Boot und stand nicht hoch auf der Liste der Prioritäten. Also mochte vielleicht ein Unsicherheitsfaktor, den er kannte, besser sein als ein Glücksspiel mit der Personalstelle.

In die Männer kam Bewegung. »Was ist denn das?«

Einer der Ausgucke deutete zum Himmel. Müller erkannte zwei dunkle Punkte, die sich langsam von achteraus nach voraus bewegten.

»Vögel?«

Er schluckte und wollte schon eine scharfe Bemerkung an Rader machen, aber dann gab er den Gedanken wieder auf.

Er nahm einen tiefen Atemzug. »Das, meine Herren, sind Flugzeuge!«

»Flugzeuge?«

Natürlich wusste jeder, dass es Flugzeuge gab, dass Flugzeuge über der Westfront kämpften, dass etliche Männer erheblichen Kriegsruhm mit dieser neuen Waffe geerntet hatten und oft waren ja auch Bilder in den Zeitungen gewesen. Nur gesehen hatten die wenigsten der Männer von U 15 bisher eines.

Rader spähte zu den beiden winzigen Punkten. »Noch weit entfernt, aber die müssen schnell sein.«

»Richtig!« Müller produzierte ein paar Qualmwolken. »Und so hoch, wie die sind, haben die uns schon lange entdeckt.«

»Warum greifen die dann nicht an?«

Der Alte unterdrückte den Impuls, die Augen zu verdrehen. »Womit denn? Mit ein paar Maschinengewehren können die uns kaum versenken, und selbst wenn sie Bomben haben …« Er ließ den Blick über sein Boot gleiten. »Wir sind ja nicht gerade ein verdammtes Schlachtschiff, das die kaum verfehlen können.«

»Also?«

Müller sah Rader an. »Fragen Sie mal nach, ob die funken … falls Heidkamp die Frequenzen finden kann.«

»Funken … jawoll, Herr Kaleun!« Der IIWO beugte sich über das Sprachrohr und gab die Anfrage nach unten weiter.

Müller erwog seine Optionen. Er konnte tauchen, aber wenn sie in ein paar Stunden wieder auftauchen würden, würde immer noch Tageslicht herrschen und sie würden kaum ein paar Meilen entfernt von ihrer jetzigen Position stehen. Die Flieger würden sie problemlos wiederfinden. Oder er konnte weiter hinaus auf See steuern, versuchen außer Reichweite dieser neugierigen Burschen zu gelangen. »Herr Rader! Lassen Sie drei-null-null steuern! Der Steuermann soll einen Kurs abstecken, der uns wenigstens 50 Meilen weg von der Küste führt.«

»Jawoll … Heidkamp sitzt am Funkgerät.«

»Danke!«

»Backbord zehn!« Der IIWO beobachtete die Kompasstochter mit Argusaugen.

Müller warf einen kurzen Blick nach vorne. Schon begann der lange Bug auszuwandern. Zufrieden wandte er sich wieder den Fliegern zu. Nachdenklich beobachtete er die beiden Maschinen. Also setzten die Limeys jetzt Flugzeuge ein, um U-Boote vor der eigenen Küste aufzuklären.

Einen Augenblick später hörten sie die Meldung aus dem Sprachrohr: »Die Limeys funken und irgendwo nördlich ihrer Position antwortet jemand.« Man musste kein Hellseher sein, um zu wissen, was da mit Höchstfahrt auf sie zulief.

Für einen Augenblick sahen sich die beiden Offiziere schweigend an, dann nickte Müller. »Lassen Sie auf große Fahrt gehen, Herr Rader!«

»Große Fahrt, Jawoll, Herr Kaleun!« Raders Stimme verriet nichts über seine Gefühle. Das Boot würde bei großer Fahrt knappe zwölf Knoten laufen. Beachtlich für ein U-Boot, aber gegen die 27, die ein Zerstörer oder Kreuzer mit großer Fahrt lief, gar nichts. Wie weit mochte ein Funkgerät in einem Flugzeug reichen? Sicher nicht so weit wie eine Schiffsstation, aber hier draußen, wo keine Berge oder Gebäude im Weg standen, konnten es trotzdem 50 Meilen sein, vielleicht sogar 60. Aber dass das Funkgerät soweit reichen konnte, bedeutete nicht, dass es musste. Das Schiff, das den Flugzeugen geantwortet hatte, konnte ebenso gut gleich hinter dem Horizont stehen. Die Funkreichweite der Flieger begrenzte nur, wie weit es maximal entfernt sein konnte, falls sie denn so viel Glück hatten. Rader beugte sich über das Sprachrohr: »Maschinen, alle vier große Fahrt voraus!«

»Maschinen große Fahrt voraus, Jawoll, Herr Leutnant!«

Es dauerte nur einen Augenblick und der IIWO spürte bereits, wie sich das Heck tiefer in die See grub, als das Boot mehr Fahrt aufnahm, noch bevor die Meldung aus dem Sprachrohr kam: »Maschinen laufen große Fahrt!«

»Danke.« Er richtete sich wieder auf und warf einen Blick zu den beiden Fliegern, die jetzt schon die Kursänderung des Bootes an den oder die Verfolger meldeten. Die Flugzeuge konnten nicht ewig hier draußen herumhängen, ihr Sprit war begrenzt. Irgendwann mussten sie umkehren und in den heimatlichen Fliegerhorst zurückkehren. Dann konnte der Alte wieder Kurs wechseln lassen, versuchen, sich aus der Anmarschrichtung der Engländer zu schleichen. Wenn das nicht gelang ... dieses Mal waren die Limeys nicht durch einen Geleitzug behindert, dieses Mal konnten sie am Ball bleiben, solange es ihnen gelang, wieder einen Kontakt zu finden. Irgendwann würde der Strom ausgehen und dann musste das U-Boot nach oben. Sollte dann noch Tageslicht herrschen, würden die Limeys das Boot versenken; sollte es bereits Nacht sein, würden die Deutschen wahrscheinlich entkommen. Die Deutschen wussten das und die Engländer wussten es ebenso gut. Es gab keinen Nebel des Krieges, keine Clausewitz'sche Unsicherheit der Befehlshaber, es gab nur das Spiel der Entfernungen und Geschwindigkeiten.

*

Die Wache wechselte zur Mittagszeit und der Steuermann übernahm, aber der Kommandant blieb oben. Kurze Zeit später verkündeten Rufe, dass die beiden Flugzeuge endlich abdrehten.

Leutnant Rader saß in der Messe und stocherte lustlos in seinem Essen herum. Rothe und Klempke schwiegen ebenfalls. Es gab ja auch wenig zu sagen. Entweder, die Engländer würden sie finden oder nicht, und sollten sie, dann würden sie sich entweder bis zur Dunkelheit in der Tiefe verkriechen können oder nicht. Oder jedenfalls war das die allgemeine Ansicht. Überrascht hoben die Offiziere den Kopf, als in der Zentrale Seestiefel die eiserne Leiter herunterpolterten. Schon erklang der Ruf: »Turmluk ist dicht!«

Klempke sprang mit einem Fluch auf, als das Boot begann, sich beinahe schon schrecklich langsam vorwärts zu senken. Auch Rader sprang auf. Er musste den Alarm überhört haben!

90

In der Zentrale herrschte keine Hektik, keine gebrüllten Befehle gellten über das Zischen von Schnellauslassventilen. Der Kommandant stand neben den Tiefenrudergängern und winkte zwei Heizern an den Ventilen, die Trimmzellen festzublasen. Als seine Offiziere durch den Schott gerast kamen, wandte er sich völlig gelassen um. »Ah, meine Herren!« Er grinste über ihre Überraschung. »Sie haben nicht angenommen, dass Ihr Alter noch weiß, wie man ein Boot taucht?«

Klempke kam zum Stillstand und sah ihn an. »Kein Alarm?«

»Nein, wir tauchen ganz langsam und gemütlich. Kein Grund zur Aufregung.« Er blickte zum Zentralemaat. »Wahrschauen bei 20 Metern!«

»Aber die englischen Zerstörer …?« Rothe sah seinen Kommandanten verdutzt an.

»Ich habe keine Ahnung, wo die stecken.«

»Wir drehen zurück auf Ostkurs?«

Der Alte nickte. »Endlich stellt einer die richtige Frage!«

»Und die richtige Frage ist, wo erwarten uns die Engländer zu allerletzt?« Der LI lehnte sich gegen den Sehrohrschacht. »Genau da, wo wir gerade herkamen.«

Müller nickte. »Also, meine Herren, wenn Sie schon mal hier sind: Ostkurs, kleinste Fahrt, ich gehe mal schnell in die Messe und sehe, ob Sie noch was vom Mittagessen übriggelassen haben.« Er wartete nicht auf eine Antwort, sondern schlüpfte durch den Schott.

Die Offiziere sahen einander an, dann grinste Rothe. »Hat sich der Alte also doch mal wieder einen neuen Trick einfallen lassen, um die Limeys reinzulegen.«

»Den kriegen die noch lange nicht!«

Leutnant Rader beobachtete, wie sich ein paar Männer gegenseitig in die Rippen stießen. Die Limeys wieder einmal hereingelegt! Beinahe war es als, könnte er ihre Gedanken hören. Doch dann dachte er an den Mann, der gerade in die vereinsamte Messe zurückgeschlüpft war. Wie machte der Alte das? Nicht, sich immer wieder neue Tricks auszudenken. Es gab immer neue Tricks. Aber wie lebte man ständig mit der Angst, dass heute der Tag sein könnte, an dem einem einmal kein neuer einfiel?

»30 Meter liegen an!« Der Steuermann nickte den Offizieren zu. »Wache bei mir noch für die nächsten drei Stunden.«

Kurz vor vier Uhr nachmittags hörte Heidkamp im Horchgerät mehrere Kriegsschiffe auf große Entfernung, aber die Briten – und wer sonst sollte es sein – wanderten schnell nach achteraus. Kurz vor sechs Uhr tauchte das Boot triefend wieder aus der See auf und die Petroleummotoren sprangen an. In der einsetzenden Dämmerung nahm Seiner Majestät U 15 Kurs nach Norden. Wieder ein Schrecken ausgestanden. Ein paar Tage noch durch die Nordsee und dann festmachen in Wilhelmshaven. Was sollte jetzt noch schiefgehen?

14. Der Fischer

Montag, der 12. Februar 1917, 45 Meilen nordwestlich von Wilhelmshaven ... kurz nach zwei Uhr morgens

Das äußerste Vorpostenboot der Kette hatte offiziell keinen Namen, sondern nur eine Nummer: VP556. Vorpostenboote, meistens Fischerboote ohne nennenswerte Bewaffnung, waren entbehrlich. Sie standen weit draußen, außerhalb der defensiven Minenfelder in der Nordsee, und sendeten regelmäßig Meldungen. Wenn sie nicht mehr sendeten, dann wusste das Hauptquartier, der Feind war in See und vor der eigenen Küste unterwegs. Vorpostenboote waren entbehrlich und brauchten keine Namen. Aber das war wie immer nur die halbe Wahrheit.

In Wirklichkeit war VP556 ein kleiner, stämmiger Schleppnetzfischer, der in friedlicheren Zeiten unter dem Namen Ookensiel seinen Lebensunterhalt mit Heringsfischerei bestritten hatte – und nun, wenn auch nicht in den offiziellen Marineunterlagen, so war das kleine Boot doch allgemein unter dem Spitznamen »der Fischer« bekannt. Denn als das letzte Boot der Reihe war es das Boot, das abkommandiert wurde, wenn Schiffe auf Minen liefen, oder, was auch immer häufiger passierte, Flieger in die Nordsee stürzten. Der Fischer fischte Überlebende.

Gegen zwei Uhr morgens dampfte der Trawler entlang des Minenfeldes, das in den Karten der deutschen Admiralität mit »DE-2« gekennzeichnet war, nicht weit von einer der strenggeheimen Passagen durch die Sperren, die es den Deutschen ermöglichten, nach Wilhelmshaven einzulaufen oder von dort auszubrechen. An Deck war alles abgedunkelt, keiner der Männer sprach. Trotz der Kälte hatten sie die Mützen abgenommen, um besser lauschen zu können. Vor etwa einer Stunde hatten sie zwei dumpfe Explosionen gehört – ein Geräusch, dass die Männer nur allzu gut kannten: Minen. Es lagen Tausende davon hier draußen. Doch danach war es still geworden. Keine verzweifelten Funksprüche waren durch den Äther gerast, keine Flammen hatten ein beschädigtes Schiff aus der Dunkelheit gerissen und keine Signalraketen riefen um Hilfe. Es war einfach still geworden in der kalten Nacht. Ein schlechtes Zeichen, ein sehr schlechtes Zeichen.

»Ruhe!« Einer der Männer richtete sich auf dem Vordeck auf. Dann ein zweiter. »An Backbord!«

Der Kommandant, ein Steuermann, nicht einmal ein voll bestallter Offizier, zögerte nur einen Augenblick, bevor er das Rad herumschwang. »Kleine Fahrt, Otto!«

Der Seemann, den er angesprochen hatte, klingelte das Kommando durch zum einzigen Maschinisten achtern im winzigen Maschinenraum. Noch während das Fischerboot drehte, verlor es auch schon Fahrt, gerade rechtzeitig, denn an Backbord lag das Minenfeld. Daheim, im sicheren Kartenraum, sahen diese Sperren wie große Rechtecke aus, präzise, wie mit dem Lineal gezogen, aber hier draußen in der Nordsee wusste man nie genau. Keine Schiffsposition war derart genau, nicht in finsterster Nacht, nicht wenn alle Leuchtfeuer gelöscht und alle Tonnen eingeholt waren. Der Rand des Minenfeldes mochte noch 100 Meter entfernt sein, oder 50 – oder vielleicht lauerte die äußerste Reihe auch schon unterm Rumpf. Doch keiner der Matrosen protestierte oder zögerte auch nur ... denn sie hatten etwas gehört!

Es dauerte trotzdem noch immer ein paar Minuten, bis sie die Männer fanden. Die beiden stärksten Matrosen des Vorpostenbootes hingen an beiden Seiten des Kletternetzes, griffen die Schiffsbrüchigen aus dem Wasser und reichten sie hoch zu zwei weiteren Kameraden an Deck. Es war ein Manöver, in dem die Männer, leider Gottes, schon allzu viel Übung hatten.

Es waren drei, einer ein Offizier. Der Steuermann, der VP556 kommandierte, kam raus aufs Deck und kniete neben einem der Herausgefischten. »Was ist geschehen?«

Der noch junge Offizier starrte ihn in der Dunkelheit an und der Steuermann konnte seine Zähne vor Kälte klappern hören. »Mein Boot, U 15, ist gegen 1:00 Uhr auf eine Mine gelaufen. Wir waren auf Wache ...« Der Mann verstummte.

Der Kommandant des Vorpostenbootes sah zu seinem Maat. »Bringt sie nach unten. Ich drehe noch eine Runde, oder zwei!«

Aus einer oder zwei Runden wurden mehrere Suchkreise, aber natürlich lag das U-Boot nicht genau dort, wo sie die Männer gefunden hatten. Männer an der Oberfläche des Meeres treiben ab, U-Boote auf dem Meeresgrund nicht, und natürlich, solange nicht jemand oder etwas von dem abgesoffenen Boot an die Oberfläche kam, konnten sie genau über das Wrack laufen und nichts mitbekommen.

Erst am Morgen, als bereits die Sonne am Himmel stand und nach menschlichem Ermessen nicht mehr mit Überlebenden zu rechnen war, kehrte der Fischer zurück auf seine Position, um ein paar Stunden später von einem anderen Vorpostenboot abgelöst zu werden. Gegen Mittag machte der Fischer an der Pier fest und Leutnant Rader, Bootsmannsmaat Kern und Matrose Müller wurden von einer Ambulanz ins Marinelazarett gebracht. Es gab keine anderen Überlebenden von U 15.

Monate später, während der Untersuchung eines anderen Schiffsverlustes nicht weit von der Untergangsstelle von U

15 entfernt, wurde festgestellt, dass etliche der Minen, die bereits 1914 ausgelegt worden waren, im Laufe der Zeit vertrieben waren. Aber zu diesem Zeitpunkt wurden bereits zwei andere Boote in jenem Gebiet vermisst.

Nachbetrachtungen

Im Frühjahr 1917 rief das Deutsche Reich den uneingeschränkten U-Bootkrieg aus – zum zweiten Male in diesem Krieg. Beim ersten Mal war Deutschland nach der Versenkung der Lusitania wieder zum Krieg nach Prisenordnung zurückgekehrt, aber nicht dieses Mal.

Tatsächlich war der uneingeschränkte U-Bootkrieg eine Verzweiflungsmaßnahme. England blockierte den Handel über See, Deutschland litt Hunger. Der letzte Versuch, die britische Blockade zu brechen, war im Sommer 1916 in der Skagerrakschlacht gescheitert. Es war ein deutscher Sieg gewesen, aber es war eben kein entscheidender Sieg und er hatte die Royal Navy nicht so sehr geschwächt, dass sie die Blockade nicht mehr aufrechterhalten konnte. Der U-Bootkrieg war der Versuch, es England mit gleicher Münze heimzuzahlen und zu versuchen, England auszuhungern, bevor Deutschland selbst die Luft ausging. Der Plan war illusorisch, denn das Kaiserreich verfügte nicht über eine ausreichende Anzahl großer und moderner Boote, um die britische Schifffahrt wirkungsvoll zu dezimieren, nicht einmal vor der Einführung eines Geleitzugsystems.

Es war eine eher unwirkliche Situation, bedingt durch die technischen Gegebenheiten. Die U-Boote waren noch nicht zu der Waffe herangereift, die sie einen Krieg später sein würden. Mehr deutsche U-Boote gingen durch technische Probleme verloren als durch U-Boot-Abwehrmaßnahmen der Briten. Umgekehrt verfügte England noch nicht über Aktivortung wie das berühmte ASDIC aus dem Zweiten

Weltkrieg. Die Wasserbombe war eine neue Waffe, von der man sich Etliches versprach, tatsächlich wurden während des gesamten Ersten Weltkriegs lediglich zwei U-Boote durch Wasserbomben beschädigt.

Es wurde viel darüber geschrieben, dass die britische Admiralität die Einführung eines Geleitzugsystems lange ablehnte und dass, nachdem die Admiräle dazu gezwungen wurden, dieses Geleitzugsystem dem uneingeschränkten U-Bootkrieg die Spitze nahm. Tatsächlich verfügte England nicht über die Waffen, um Geleitzüge wirksam zu schützen. Die damals übliche Methode, U-Boote zu jagen, war, sie unter Wasser zu halten, bis ihnen Strom und Luft ausgingen und sie an die Oberfläche kommen mussten, wo die britischen Zerstörer und Kreuzer, die vielfach an der U-Jagd teilnahmen, sie mit ihrer überlegenen Artillerie versenken konnten. Diese Taktik war logischerweise kaum anwendbar, wenn die Kriegsschiffe durch ein Geleit aus langsamen Frachtern behindert wurden. Moderne Historiker spotten über britische Admiräle, die ihrerseits 1917 noch über die unbedeutenden Auswirkungen eines U-Bootkrieges gespottet hatten. Aber das ist natürlich alles Rückschau und gefiltert durch unsere heutige Kenntnis. Damals waren die Auswirkungen nicht unbedeutend. 5.000 Handelsschiffe gingen auf den Grund des Meeres, im Atlantik, im Mittelmeer und im Schwarzen Meer. Es war ein Massaker … aber es war kein kriegsentscheidendes Massaker. Selbst vor der Einführung eines Geleitzugsystems waren die deutschen U-Boote zu keinem Zeitpunkt fähig, mehr Handelsschiffe zu versenken, als England bauen konnte. Tatsächlich war der U-Bootkrieg schmerzhaft für die Engländer, aber er war nicht von essentieller Bedeutung, und er führte schließlich zum Kriegseintritt der USA. Wenn man es unterm Strich betrachtet, war England der große Gewinner des U-Bootkrieges, nicht nur, weil es ihn überlebte, sondern sogar, weil es davon profitierte. Der U-Bootkrieg ließ die Neutralen weiter an die Seite Englands heranrücken; er brachte Neutrale dazu, auf der Seite der Entente in den Krieg einzutreten und machte Englands gelegentliche Verletzungen internationaler Gesetze akzeptabel. Mit dem 1. Februar 1917 hatte Deutschland England so etwas wie eine Blankovollmacht erteilt.

Deutschland verlor den Ersten Weltkrieg, diese Niederlage prägt unser Bild von der Geschichte. Aber wie immer ist das nur die halbe Wahrheit. Unbeachtet auch von vielen modernen Historikern geschah zu jener Zeit etwas in Deutschland. Eine neue Generation von Seeoffizieren wuchs in der U-Bootwaffe auf und erkannte ihre Möglichkeiten.

Drei neue Waffen erschienen während des Ersten Weltkrieges auf den Schlachtfeldern: Flugzeuge, Panzer und U-Boote. Keine war wirklich neu. Lenkbare Ballons, gepanzerte Gespanne und von Muskelkraft betriebene U-Boote waren bereits im Amerikanischen Bürgerkrieg eingesetzt worden, knappe 50 Jahre zuvor. Was der Erste Weltkrieg bewirkte, war die logische Evolution in technischer und taktischer Hinsicht, aber kaum jemand sah, dass diese Evolution bereits den Keim für den nächsten Schritt in sich trug. Als der Weltkrieg endete, verfügte Deutschland sowohl über die technische Erfahrung als auch über die Männer, die wussten, wie man solche Waffen einsetzen konnte. Keine dieser drei Waffen war wirklich eine deutsche Erfindung, aber kaum jemand hatte so viel Erfahrung wie die Deutschen mit ihnen gesammelt. Am Ende des verlorenen Krieges konnte kaum ein Zweifel daran bestehen, was Deutschland aufbieten würde, sollte es zu einem weiteren Waffengang kommen: Panzer, Flugzeuge … und U-Boote!

Abschließend ein Satz zu dem U-Boot aus diesem Einsatzbericht: Um seine fiktive Geschichte vor realem Hintergrund erzählen zu können, lieh sich der Autor die Bootsbezeichnung SM U 15 für seine erdachte Mannschaft aus. Das echte U 15 ist im August 1914 als erstes deutsches U-Boot verlorengegangen, und zwar durch einen Rammstoß der HMS Birmingham.

Ihre Zufriedenheit ist unser Ziel!

Liebe Leser, liebe Leserinnen,

hat Ihnen unser Buch gefallen? Haben Sie Anmerkungen für uns? Kritik? Bitte zögern Sie nicht, uns zu schreiben. Wir werden jede Nachricht persönlich lesen und beantworten.

Schreiben Sie uns: info@ek2-publishing.com

Wussten Sie schon, dass Sie uns dabei unterstützen können, deutsche Militärliteratur sichtbarer zu machen? Bitte nehmen Sie sich einen Moment Zeit und bewerten Sie dieses Buch auf Amazon. Viele positive Rezensionen führen dazu, dass das Buch mehr Menschen angezeigt wird.

Sie können somit mit wenigen Minuten Zeitaufwand unserem kleinen Familienunternehmen einen großen Gefallen tun. Vielen Dank für Ihre Unterstützung!

PS: In seltenen Fällen kommt ein Buch beschädigt beim Kunden an. Bitte zögern Sie in diesem Fall nicht, uns zu kontaktieren. Selbstverständlich ersetzen wir Ihnen das Buch kostenlos.

Über den Autor

Peter Brendt, Jahrgang 1964, ging nach dem Abitur zur Bundesmarine und diente dort zunächst als Navigator, bevor er zu den Waffentauchern wechselte und im Rahmen der NATO an diversen Einsätzen mit der US Navy teilnahm. Nach turbulenten Jahren in Sonderkommandos nahm er seinen Abschied und studierte Informatik. Peter Brendt lebt heute in Kansas City, USA.

Eine Veröffentlichung der EK-2 Publishing GmbH

Friedensstraße 12
47228 Duisburg
Registergericht: Duisburg
Handelsregisternummer: HRB 30321
Geschäftsführer: Monika Münstermann

E-Mail: info@ek2-publishing.com
Website: www.ek2-publishing.com

Titelbild: Kawasaki_Tiger1
Umschlaggestaltung: Rock_0704
Autor: Peter Brendt
Lektorat & Buchsatz: Jill Marc Münstermann

2. Auflage, Januar 2022

ISBN Taschenbuch: 978-3-96403-177-8

Einsatzbericht – Im Fadenkreuz
Eine weitere packende U-Boot-Geschichte aus
dem Hause EK-2 Publishing

Wir schreiben das Jahr 2001. Die Unterseeboote der Bundeswehr U 24 und U 28 begeben sich auf den Weg in die Karibik, um auf dem Manöver einer US-Trägergruppe als dankbares Ziel zu dienen. Die Planer der Übung aber haben ihre Rechnung ohne Kapitänleutnant Dellnitz gemacht, seines Zeichens Kommandant von U 24. Dellnitz sieht es gar nicht ein, einem stupiden Drehbuch zu folgen, und ist wild entschlossen, dem arroganten US-Trägergruppenkommandeur einen Denkzettel zu verpassen.

Im Fadenkreuz von Stefan Köhler erzählt die wahre Geschichte eines deutschen U-Boot-Kommandanten, der es mit einer amerikanischen Trägergruppe aufnimmt.

100